Gogo-Girl besticht durch wunderbaren Dialogwitz und ein feines Gespür für absurde Situationen, für das Besondere im Banalen – kleine sarkastische Seitenhiebe auf die «Hamburger Schule», unbestrittenes Zentrum der boomenden deutschen Musikszene, und auf andere Bastionen der Hoch- und Popkultur inbegriffen.

Sarah Khan

GOGO-GIRL Roman

Rowohlt Taschenbuch Verlag

Originalausgabe
Veröffentlicht im Rowohlt Taschenbuch
Verlag GmbH, Reinbek, Juni 1999
Copyright © 1999 by Rowohlt Taschenbuch
Verlag GmbH, Reinbek bei Hamburg
Alle Rechte vorbehalten
Umschlaggestaltung Beate Becker und Notburga Stelzer
(Foto G+J Photonica/A. Jablonovsky)
Autorenfoto Barbara Dietl
Satz Trinite No. 2 PostScript (PageOne)
Gesamtherstellung Clausen & Bosse, Leck
Printed in Germany
ISBN 3 499 22516 6

PHANTASTISCHE Ereignisse werfen ihre Schatten voraus, steht in der alten Zeitung, die in meinem Klo liegt und die ich schon neunmal gelesen habe. Meine Güte, denke ich, und gleichzeitig denken das Rentner. Genau so: Meine Güte, die übertreiben sprachlich aber. Ich bin ganz verstrickt beim Aufwachen. Ich trinke eine Tasse Kaffee mit Milch, esse ein Brötchen mit Jagdwurst und blättere in einer Zeitschrift für den gehobenen Verstand. Episte ... Epistemologische Baustellen, heißt das Exemplar, das ich vor einigen Tagen auf dem Flohmarkt gekauft habe. An dem Stand einer frischen Universitätsabsolventin erstanden. Viele Bücher mit Titeln wie «Einführung in die» und «Grundlagen der» bot sie an. Vielleicht war sie auch eine Abbrecherin. Nee, glaube ich nicht. Ist bestimmt ganz fertig geworden und sucht sich, nachdem sie die Flohmarktmücken ausgegeben hat, einen ansprechenden Beruf. In dieser Baustellenzeitschrift sind kulturwissenschaftliche Beiträge mit deutlich essayistischem Einschlag enthalten. Die Absolventin hat in einem Artikel Zeilen mit Bleistift unterstrichen und Aha-Momente mit Ausrufezeichen verewigt. Ich würde jetzt gerne einen Joghurt essen und diesen Artikel lesen. Alles fehlt im Haus. Keine Margarine mehr da, wenig Brot und nichts Frisches. Und meine Mutter sollte ich anrufen. Morgen wird sie mich fragen, wann die Semesterferien zu Ende sind. Macht keinen guten Eindruck auf meine Mutter, wenn ich das nicht genau angeben kann. Sie weiß es sowieso und will nur kontrollieren, ob ich es weiß. Sie macht das schon richtig so, sonst würde ich es wahrscheinlich vergessen. Obwohl ich an ganz anderen Dingen merke, daß die Uni wieder anfängt. Die braungebrannten Leute, die die Fetzen ihres Weltenbummels in der Stadt herumtragen. Die Kaufhäuser und Schreibwarengeschäfte mit Studentenblocks und Ringbüchern im Angebot. Außerdem fängt mit Vorlesungsbeginn die Regenzeit an, und Radfahren macht keinen Spaß mehr. Beim Anziehen hänge ich mittendrin völlig durch und setze mich wieder aufs Bett. Weil ich an den Tag denken muß, an dem ich seine Stimme in der Bücherhalle zu hören glaubte. Irgendwo zwischen den Regalen sprach jemand wie er. Ich saß auf einem Hocker bei den Biographien berühmter Menschen und las quer durch die Reihe. Ich wagte nicht zu schauen, als ich auf einmal seine Stimme hörte. Ich genoß den Klang seiner Stimme und träumte davon, ihn in einem ausgelassenen Suchspiel zwischen den Regalen zu finden und anzufassen. Aber er war es nicht. Nur eine verblüffend ähnliche Stimme. Als die Stimme verschwand, lieh ich mir die Lebensgeschichte einer würdevollen Theaterschauspielerin aus. Eigentlich wollte ich etwas Aufregendes lesen, etwas über ein hemmungsloses Leben, das einen aufwühlt und dann im eigenen Tran deprimiert zurückläßt. Statt dessen erwischte ich ein als Biographie getarntes Traktat über Disziplin, Fleiß, Zähnedurchbeißen und Freundlichsein. Das Buch liegt neben meinem Bett und erinnert mich an die Tilmanstimme in der Bücherhalle. Ein furchtbares Buch, ich sollte es bald zurückbringen. Ich sollte mich ganz unbedingt mit jemandem treffen, der in mich verliebt ist. Heute noch verfügbar.

«So seltsam wie meine Fingernägel.» Dieser Satz steht in meinem Schreibheft und hat keinen Nachfolger. Am Nebentisch unterhalten sich ein Männchen und ein Weibchen, ich höre ihnen zu und will mich nicht auf mein Gedicht konzentrieren.
«Was ist das am meisten gecoverte Stück?»
«Summertime!»
«Auch nicht schlecht. Nee, La Paloma.»
«Wenn, dann eher Happy Birthday.»
«Sehr geistreich.»
So seltsam wie meine Fingernägel. Wie kann es da weitergehen?
«Einen Cidre, bitte», sage ich dem Mädchen, das mit einem Maiglöckchen-Banane-Parfum an mir vorbeiduftet. In meinem Schreibheft stehen Gedichte. Auf einige davon bin ich stolz. Die etwas schrägen, die ich selbst nicht begreife, lese ich häufiger. Weil ich hoffe, daß mir dazu noch etwas einfällt. Die guten lese ich sehr selten.
A girl aus Deutschland / oder how to ficken / Dein teach Prof. / In New York. First Lyrik of a Nachkriegsgirl / Tut weh / wie die Zeit / in der niemand wußte / how to ficken / Dein teach Prof / Überall –
Und eigentlich finde ich das gut, aber dann wieder so schräge, daß ich es oft für mich lese, vielleicht verändert es sich noch mal. Damit verbinde ich natürlich Gefühle und Gesichter, Fernsehen und Fantasien. Mehr wohl nicht. Mein Cidre steht auf einmal vor mir, und ich schließe die Augen für den er-

sten Schluck, der mir sagt, daß ich noch nie in der Bretagne gewesen bin.

Gleich wird der Sänger kommen und mich unterhalten. Dann habe ich einen Grund, wegzuhören, und wir werden Torte essen. Er wird mich zu einer Party einladen, und er wird mich gernhaben können. Es wird wundervoll sein. Es wird ganz wundervoll sein. Ich werde nicht mehr denken, daß da etwas nicht stimmt mit uns. Schließlich ist er der einzige, der mich will. Er ist der einzige, der sich an einem normalen Tag mittags mit mir trifft und nicht fragt, warum ich nichts zu tun habe. Er braucht keine Geschäftsessen, er braucht ein Kuchenessen mit mir. Er wird zwar versuchen, über Husserl und Adorno zu sprechen, um den Kaffeehaus-Bohemien-Touch zu erzielen. Aber er wird nicht nervös sein oder Angst haben, an mir seine Zeit zu verschwenden. Weil er hofft, mich flachzulegen, wird es keine Zeitverschwendung sein. Seine Freunde Husserl und Adorno werden mißbraucht, um eine geistige Atmosphäre zu schaffen, die er im Bett transformiert haben will. Oder irgendwie anders umgeleitet. Ich am Tischchen, haps Kuchen haps. Und er blättert in einem Buch, will mir etwas vorlesen und ißt seinen Kuchen gar nicht. Unendlich verzögerter Genuß.

«Der Kuchen schmeckt überhaupt nicht. So nach Margarine und kein Zucker dran. Warum traut sich heute kein Arsch mehr, einen normalen, süßen, zuckrigen, dickmachenden und zum Genuß freigegebenen Kuchen zu backen. Es ist doch zum Kotzen!»

Der Sänger sagt das sehr laut, und ich freue mich, daß er uns allgemeine Aufmerksamkeit verschafft. In dieser Sache sollten

Unterschriftenlisten ausgehängt werden. Der Sänger hat also Pech mit seinem Käsekuchen ohne Sahne. «Mein Schokoladenkuchen war ganz gut», lüge ich.

Er trägt eine Sonnenbrille mit hellbraunen Gläsern und sieht cool aus. Es macht mir Spaß, mich in einem Café mit einem Typen mit Sonnenbrille zu zeigen. Er tut mir damit einen Gefallen, und was kann ich nur für ihn tun.

«Ich lade dich ein. Zum Trost.»

«Ich dachte eher, du lädst mich nicht zum Trost, sondern zu Toast ein.»

«Bist du bekifft?»

«Leider nein.»

«Was ist das am meisten gecoverte Lied der Welt?» Die Besitzer des Gesprächsthemas sind bereits verschwunden.

«Weiß nicht. Diamonds are a girl's best friend, Stairway to heaven?»

«Du denkst ja gar nicht richtig nach.»

«Komischer Vorwurf. Ich wollte gerade mit dir über ein Problem bei Baudrillard reden, wozu du absolut keine Lust hast, und ich muß mir anhören, daß ich nicht richtig nachdenke.»

«Ich lade dich ein, okay, kannst auch gerne noch was bestellen. Toast oder Suppe, was du willst.»

«Ich will spazierengehen.»

Ich weiß genau, daß der Sänger sich mit mir wie in einem französischen Film fühlt. So locker. Irgendwann wird er sich an den Tag heute erinnern, wie man sich an französische Filme erinnert. Fehlt nur das Brot unter dem Arm. Er hat es mir einmal gestanden. Er ist glücklich, wenn sein Leben auch nur ein bißchen so wie in seinen Lieblingsfilmen verläuft. Und in französischen Lieblingsfilmen gehen die Leute ausgiebig spazieren, diskutieren viel, trinken Café au lait und schlafen durcheinander rum. Die Mädchen weinen anmutig und stolz, haben keine Skrupel, Blumen zu pflücken und trauen sich trotzdem, mit ältlichen Philosophen ins Bett zu gehen. Ich möchte mal mit einem Mann losgehen, der sich wie in einem amerikanischen Film fühlt. Mit dieser extremen Spannung zwischen Mann und Frau, wie sie nur in amerikanischen Filmen möglich ist. Die sagen ja auch immer: Bigger than life. Die Amis haben diesen deutsch-französischen Naturalismus überhaupt nicht, der einen auf Mundgeruch beim Traummann vorbereitet. Aber dann will ich natürlich niemanden näher kennenlernen, der mir sagt, hier fühl mal, bigger than life, danach eine Pommes und früh ins Bett, weil die Firma wartet. Ja, Tom, lade dein Top Gun Baby, ich fühle für dich. Ich liebe dich auch, sagen sie am Telefon, und dann legen sie auf, ohne tschüs zu sagen.

Wir gehen durch das Viertel, durch einen Park, an einem U-Bahnhof vorbei. Alles sagt mir, daß es diese Stadt immer geben wird. Der Sänger schlägt vor, in einen Blumenladen zu gehen. Es ist ein besonderer Blumenladen mit vielen ungewöhnlichen Zimmerpflanzen, die wie Designerobjekte inszeniert sind. Wir sehen uns die Pflanzen an, staunen und möchten haben, ohne zu kaufen. Wieder auf der Straße, geht der Spaziergang nicht mehr flüssig weiter. Ich hoffe aber, daß er mich nicht alleine läßt. Wahrscheinlich muß ich jetzt eine Unternehmung vorschlagen. «Komm schnell mit», sagt der Sänger und zieht mich am Arm über die Straße. Wir gehen auf einen Mann zu, der im Rollstuhl sitzt und in das Schaufenster einer Bäckerei schaut. «Hallo!» ruft der Sänger ihm zu. Der Mann dreht sich mitsamt Stuhl um und zeigt sein bärtiges Gesicht.

«Mensch, toll, dich wiederzusehen», sagt der Sänger. «Was machst du denn gerade?»

«Ich wollte meine Geburtstagstorte bestellen.»

«Wie alt wirst du?»

«43.»

Der Mann schaut mich an, sagt hallo und gibt mir die Hand. «Gerhard.»

«Ich bin Ruth.»

Gerhard lädt uns zum Teetrinken in die Konditorei ein. Er ist wohl ein bekannter Gast hier, denn die Dame hinter der Kuchentheke ist so freundlich und begrüßt ihn mit seinem vollen Namen. Herr Gerhard Lösch rollt zu einem der größeren Tische und stellt dort einen Stuhl beiseite, um Platz für seine Räder zu schaffen.

Rollimann Gerhards Liebesgeschichte

Gerhard war Physiker, hatte eine schöne Anstellung in der Forschung. Er liebte eine sehr junge Frau, ein Mädchen noch. Sie wurde schwanger, gebar ihrem Gerhard einen Sohn und richtete sich in dem Glück ein, das sie zusammen empfanden. Das Paar blieb unverheiratet, denn Gerhard wollte seine junge Partnerin nicht in den Stand der Ehe drängen. Die Frau fuhr eines Tages in das Dorf, aus dem sie kam, um ehemalige Freunde zu treffen, die gerade ihren Schulabschluß feierten. Den kleinen Sohn brachte sie bei den Großeltern unter, und selbst übernachtete sie bei einer fröhlichen Freundin. Sie kam nun nach dem Wochenende nicht wieder heim in die Stadt. Gerhard fuhr von dunklen Vorahnungen befangen in das Dorf. Dort traf er die Frau in den Armen eines gerade Volljährigen an. Gerhard nahm seinen Sohn mit sich und wartete darauf, daß das Mädchen zu ihm zurückkehrte. Das Mädchen und ihr alkoholisierter Verehrer erlitten aber einen Verkehrsunfall und kamen dabei um. Gerhards Sohn wächst seither bei den Großeltern auf und sieht seinen Vater regelmäßig in den Schulferien. Gerhards

Herz wird in diesen Zeiten trotz der Freude über das Wiedersehen immer ganz schwer, denn der junge Sohn, Bastian heißt er, sieht seiner Mutter so verblüffend ähnlich. Manchmal möchte Gerhard ihm in die Fresse schlagen und schreien «Wieso? Wiesowiesowieso...» Dann aber nimmt er sich eine Flasche Wein und heult den Mond an. Manchmal wacht sein Sohn davon auf, dann erzählen sie sich gegenseitig Indianergeschichten und ... irgendwie fehlt an der Geschichte jetzt der wesentliche Knackpunkt, der den Vater in den Rollstuhl bringt. Statt dessen knallt die Alte an den Baum. Völlig verfahren habe ich mich.

«Ich komme jetzt alleine klar, die Wohnung ist umgebaut, meine Freundin hilft mir etwas, das reicht.»

Alle Schwachen der Welt, bitte wiederholen:

«Ich komme jetzt alleine klar, die Wohnung ist umgebaut, meine Freundin hilft mir etwas, das reicht.»

Eine zu Tränen rührende Kantate könnte man mit diesen Worten ausstatten, da ist alles drin. Würde, Stolz, Täuschung, Tragik, Komik, Himmelreich, Sching Schang Schong.

Gerhard und der Sänger unterhalten sich über früher, als der Sänger noch Zivildienstleistender gewesen ist und Gerhard besuchen mußte.

«Machst du noch Musik?» fragt Gerhard.

«Ich mache sogar sehr viel Musik», gibt der Sänger an. «Und du, immer noch beim sonntäglichen sozialdemokratischen Jazzfrühschoppen dabei?»

Gerhard lacht wie ein Roß. «Ich spiel Banjo», erklärt er mir.

«Ich habe noch nie jemanden kennengelernt, der Banjo spielt», antworte ich.

Und ich kenne einige Instrumentalisten. Bass, Gitarre, Schlagsahne, Keyboard, Klavier, Saxophon, Fagott und Gott der Panflöte.

«Gerhard hat mir ja mal beigebracht, wie man Banjo spielt», sagt der Sänger. «Ich find's ganz toll, vom Anfassen und Spielen, nur der Sound ist überhaupt nicht mein Ding.» Wir essen Torte und trinken Ostfriesentee.

«So muß Kuchen sein», sagt der Sänger und bietet mir seinen Käsekuchen zum Probieren an. Ich verzichte dankend, mein Appetit ist ganz weg. Ich will nicht mehr sitzen. Hätte ich mir doch bloß eine hippe Zimmerpflanze gekauft, mit der könnte ich in meine Wohnung gehen und stundenlang sprechen. Gerhard fragt uns, ob wir mal kommen wollen, zum Jazzfrühschoppen. Ja, sagen wir. Der Sänger erzählt von seiner Band. Danach erzählt Gerhard von seiner Band. Ich höre nicht zu, bis Gerhard die Rechnung verlangt.

«Kommst du mit zu mir?» fragt mich der Sänger. Aber ich habe keine Zeit mehr. Vielleicht ein anderes Mal. Ich gebe Gerhard zum Abschied die Hand, bedanke mich für den Kuchen und gehe in eine andere Richtung als die beiden komischen Typen. Dann merke ich, daß ich doch Zeit habe, und laufe zurück. Aber er ist weg, ach Mann. Muß ich wohl doch nach Hause. Ist vielleicht besser so. Mal sehen. Ich sollte mich ganz unbedingt mit einer Freundin treffen.

Vor ein paar Jahren war ich ein Theatergroupie, habe Premierenfeiern besucht und dort mit Kommilitonen in Ecken gestanden und mein weniges Geld mit vollen Händen für überteuerten trockenen Weißwein ausgegeben. Man kannte immer eine Beflissene, die gerade ein Praktikum absolvierte, und hatte dadurch Gelegenheit, Schauspieler kennenzulernen, mit ihnen zu tanzen und ihnen Komplimente für die Leistungen auf der Bühne zu formulieren. Irgendwann machte ich sogar die anrührende Erfahrung, den Penis eines Nachwuchsregisseurs mit berühmtem Familiennamen zu Gesicht zu bekommen. Und doch ist mir aus dieser längst vergangenen Ära tatsächlich eine Freundschaft geblieben. Die Freundschaft zu Verena, das Schmuckstück meiner Theaterzeit. Wir telefonieren manchmal, gehen nie miteinander aus, weil sie eine feste Beziehung hat, Geld, Karriereaussichten und andere Bedürfnisse als ich, ich bin so alleine und komme ohne Not schon zwischen Grund- und Hauptstudium ins Schleudern. Verena ist Kostümbildnerin und läßt manchmal eine Freikarte für mich springen. Ohne Freundschaften würde man nicht erleben, daß man sich aus Freundschaft überwinden muß. Wunderbare Macht der Freundschaft, wegen dir stehe ich hier vor dem Theater, das von vielen Bürgern der Stadt mit Spenden übergossen wurde, auf daß die Fassade renoviert werde. Dreimal mit Spermien überzogen und Kinderkacke, eingebrannte Arschwichse in Gletscherweiß. Sorry-sorry, ich leide im Theater prinzipiell unter unkontrollierten Vulgaritätsausbrüchen und Aggressionsschüben, ich will doch vornehm sein, habe extra meine Ballerinas angezogen, die damals bei Prange auf dem Jungfernstieg viel Geld gekostet haben. Ich gehe in DAS HAUS, Entschuldigung. Ich gehe hinein und gebe meinen Mantel an der Garderobe ab, auch wenn's eigentlich viel zuviel ist, was dafür verlangt wird. Bei «Der Vater» von Strindberg wird einiges verlangt, einiges. Ich liebe Dramen, besonders Vaterdramen. Das geht allen Leuten so, deshalb hat das Stück eine Halbwertzeit von fünf Millionen Jahren inklusive Atomschlag. Ich orientiere mein Verhalten an meiner Logenpartnerin, und wir nesteln bei den ganz konfliktreichen Szenen gemeinsam in unseren Handtaschen. Wir sind voll auf einer Welle, und ich nestele, wenn sie nestelt, schläft man auch nicht ein bei dieser Beschäftigung. Habe natürlich Loge, ich bin schließlich nicht irgend jemand. O Gott, ich könnte heulen bei dem Gedanken, so alleine in diesem angekackten Theater. Ich bin so bieder angezogen und denke, daß ich jemand bin, weil ich Loge habe. Deshalb renne ich nach der Pausenglocke an die Sektbar im großen Foyer, aber ich bin nicht die erste, ich muß mich anstellen. Stehen alles Männer vor mir, das ist so unglaublich. Die Männer stehen an, und sind sie dran, bestellen sie ZWEI Gläser Schampus. Ist ja auch nicht zu verdenken, jeder Mann geht mit Frauengeleit ins Theater, denn alleine käme er nicht auf den Gedanken, ins Theater zu gehen, außer er wäre wie ich. Ich habe ein verdammtes Glück und sehe Verena im Foyer stehen, kurz bevor ich bestellen muß. «Zwei Gläser Sekt, bitte», sage ich eine Spur zu erleichtert. Verena freut sich über mich und über den Sekt, wir küssen uns, und ich bin so froh, jemanden zu sehen, daß ich sie lange umarme. Das geht über meine Nerven hier der Abend im Theater alleine mit einer alten Dame in der Loge nestelnd. Ich kann nicht immer so, wie ich es vielleicht vorher gedacht habe. Verena fragt mich nach dem Stück, und vor Erleichterung kann ich sagen, was ich soweit denke. Ja, ihre Kostüme, ganz toll natürlich. Sie muß wieder hinter die Bühne, ist auch eine große Ausnahme, daß sie überhaupt zu mir in die Pause gekommen ist. Wir verabreden uns für später im Theaterbistro. Ich gehe wieder an meinen Platz und treffe auf dem Weg dorthin eine Freundin meiner Mutter, eine grüne Kommunalpolitikerin. Meine Mutter wird lachen, wenn ich ihr erzähle, wie sie sich geäußert hat. «Es ist ja eine konservative Inszenierung. Aber ich bin froh, daß sie konservativ ist.»

Die zweite Etappe erdulde ich mit Langmut und klatsche bis

zum zweiten Vorhang. Vor dem Theater stehend verwandele ich mich in eine Fledermaus und beiße alle steuerzahlenden Theaterfassade-Spenderinnen tot. Besoffen vom Blut reite ich den Intendanten zu Tode und weine anschließend über die entsetzliche Sauerei. In dieser Laune kann ich mich unmöglich mit Verena treffen. Üblicherweise sitzt sie nach einer Vorstellung im Bistro und trinkt mit Kollegen ein, zwei Schörlchen. Die Schauspieler scharwenzeln derweil auf der Suche nach Anerkennung und näherem Interesse herum und sehen mir genau an, daß ich alleine bin. So sehr ich Verena mag – ich bin nicht in der Stimmung, mich von einem Bistro-Berserker volldröhnen und kurzficken zu lassen. Nach Hause will ich auch nicht, also wechsle ich den Schauplatz und gehe in die Martina-Bar. Vielleicht jemanden treffen oder jemanden nicht treffen.

An der Theke rechts und links überall die Zahl zwei. Ich suhle mich in dem Gefühl, die einzige eins zu sein. Nach ein paar Minuten ist der Impuls, schnell abzuhauen oder hulahula zu schreien, überwunden. Ein paar Leute kenne ich vom Sehen, und wenn ich sie bloß anschauen würde, würden sie vermutlich grüßen.

«I wish I were your man and I'd understand, I wish I were your man und I'd understand, you.»

Ich bestelle eine Caipirinha, das most sexy Getränk ever, und frage die Barfrau, wie das Lied heißt, dabei will ich eigentlich wissen, wie der Sänger oder die Band heißt. Verkupplungspopmusik. Sie kann mir nicht helfen.

«Take me home tonight, turn out the light, you just love me, darling.»

Sie macht eine sehr passable Caipirinha. Ein faszinierendes Getränk, ganz ohne Trost, wie Nacktsein in der Sonne. Es schmeckt so mehrdimensional, daß ich heulen möchte.

«Das Leben ist zu kurz, um schlechte Cocktails zu trinken.» Der Volker steht auf einmal neben mir. Geh weg, ich bin eins und nicht zwei.

«Das Leben ist zu lang, um kurze Cocktails zu trinken», entgegne ich ihm.

«Ewig nicht gesehen», sagt er. Dann sagt er: «Ich bin im Moment viel hier, jeden Abend sozusagen.»

«Und ist das schön?»

«Du bist schön, Schätzchen.» Das ist wirklich eine nette Bemerkung von ihm.

«Ich war heute bei Verena im Theater», sage ich, weil ich weiß, daß er Verena von gemeinsamen Jahren an der Kunsthochschule kennt. «Es gab ein Strindberg-Stück.»

«Verena sieht man ja gar nicht mehr. Strindberg?»

Ja, Rembrandt. Ich habe keine Lust, mich mit ihm zu unterhalten. Ich trinke und gucke, höre auf die Musik und lächele ihn an, weil er mich anlächelt. Ich knabbere an meinen Fingernägeln, der Dreck unter den Nägeln ist eine gute Breitbandimpfung. Es ist gesünder, Vitamintabletten und Fingernageldreck zu sich zu nehmen, als nur Vitamintabletten. Weil – wofür auch? Ich würde alles darauf wetten, daß unter den notorischen Fingernagelkauern der Anteil an Neurodermitikern und sonstigen Allergikern sehr viel geringer ist als in jeder anderen Bevölkerungsgruppe am Arsch der Welt. Ach, seufze ich, und deshalb bin ich auch hierher gekommen.

Volker würde sich nie bei mir erkundigen, was ich denn so mache. Er weiß wohl, daß ich dazu nicht viel sagen kann, aber er könnte ja nachhaken. Jeder hat Heimliches zu tun. Ich hatte noch nie die Phantasie, einen Mann mit zu mir nach Hause zu nehmen, ihn zu fesseln und ihm meine vertrackten Gedichte vorzulesen. First Lyrik of a Nachkriegsgirl. Band I - IV.

«Was machst du im Moment so?» frage ich ihn. Er erklärt mir, warum er aussieht, als würde er gerade renovieren.

«Ich male Jungfrauen. Ein geniales Thema. Weder Film noch Fotografie können das heutzutage. Was ist das – eine Jungfrau? Heutzutage, verstehste. Menschen, die keine Ahnung oder nur eine klitzekleine, ganz vage Ahnung von körperlicher Liebe haben. Fotografen sehen junge Mädchen doch quasi sexuell-aktiv, heutzutage. Ein klassisches Malerei-Thema, weil hier der Blick des Malers gefragt ist.»

Volker ist vielleicht zehn Jahre älter als ich, er ist fleißig, er ist versoffen. Er ist ein studierter Industriedesigner, den der einmalige Erfolg überfordert hat. Er bekam irgendwann mal einen hochdotierten Industriepreis für eine geniale Parmesankäsemesserlösung und verkaufte dazu das Patent für viel Geld. Seitdem meint er, Kunst machen zu müssen.

Während er weiterredet, erinnere ich mich an meinen Wunsch, wieder Jungfrau zu sein. Ich mochte Tilman nicht erzählen, mit welchen Männern ich geschlafen hatte, bevor ich ihn kennenlernte. Richtige Angstträume überfielen mich, er könnte es erfahren und mich nicht mehr lieben. Damals kam ich durch Nachdenken zu der Überzeugung, daß hinter solchen Ängsten der Wunsch nach Jungfräulichkeit steckt.

«Wenn ich eine 70jährige Frau male, die ein reiches Leben voller sexueller Erfahrungen hatte, und ich plaziere ihren 90jährigen Vater neben sie, hätte ich unter Umständen das Bild einer Jungfrau – faszinierend, nicht wahr? Ein kulturelles Problem.» In der Tat. Denn wenn es niemanden gibt, der dir sagt, daß keiner auf dich gewartet hat, kannst du neue Welten entdecken und große Taten vollbringen. Volker merkt wohl, daß ich mit diesem Thema nicht so viel anfangen kann. Ich frage ihn, ob er Lust zum Feiern hätte. Feiern ist das falsche Wort, klingt wie Hochzeit. Nein, ich weiß einfach von einer ganz lausigen Party. Ich kann's beweisen.

Wir gehen zu einer Tankstelle, und mich plättet mal wieder die überzeugende Videoclipästhetik dieses Ortes. Ich bin im Fernsehen! Huhu! Junge Menschen kaufen nachts ein, Autoscheinwerfer, benzinverhangene Blicke, atmungsaktiv in Polyester. Soso. Volker will auf der Party nicht ohne Getränk und Geschenk erscheinen. Er kauft eine Flasche Wodka und einen batteriebetriebenen Lollydreher aus der Jedi-Ritter-Kollektion. Den Lollydreher bekommt Gabriel gleich an der Tür überreicht. Er tut so, als würde er sich wahnsinnig freuen und führt uns zu dem Ort mit den meisten Getränken. Aus den Augenwinkeln sehe ich den Sänger auf mich zukommen. Er stellt sich neben mich und sagt nichts, sieht mir nicht in die Augen. Ein paar Leute tanzen, und wir betrachten sie. Der Sänger fragt mich, wer das denn sei, und meint wohl Volker.

In der Küche entdecke ich Judith, die sich mit Leuten unterhält, die ihr gerne zuhören. Sie bemerkt mich, blinzelt und wedelt mit ihren Fingern zum Gruße. Sie hat sich lange nicht mehr bei mir gemeldet, und das nehme ich ihr übel. Ich stelle mich zu der Gruppe und lausche ihren Worten. Sie spricht über zwei quasi-magersüchtige, in der Musikszene bekannte Frauen, die wegen eines Popsymposiums bei ihr übernachtet hatten und schreckenserregende Dinge taten: Zum Frühstück aßen sie kalten Grünkohl aus der Dose, und abends stand Fladenbrot mit Tomatenmark auf dem Speiseplan. Dabei zählten sie Kalorien wie Palästinenser ihre Toten. Sie diskutierten nur untereinander, stellten die Kaffeemaschine neben ihr Matratzenlager, benahmen sich wie durchgeknallte Zwillinge in einem amerikanischen Psychothriller und schlossen Judith für die Dauer des Symposiums aus ihrer eigenen Wohnung aus. Die Leute lachen. Judith muß jetzt mit mir reden. Sie reicht mir eine Flasche Bier und prostet mir mit den Worten «Schön, dich zu sehen» zu. Ich fühle mich aufgefordert, all meine farbigen Kleider zu spenden und fortan ein mildtätiges Leben zu führen. Sie zupft mich am Ärmel und sagt: «Guck mal, da steht Pute.» Judith sagt es, ohne die Stimme zu senken. Alle Frauen denken, Pute sei taub, ich hoffe, sie ist es wirklich. Wie sie dasteht mit ihren wuchtigen, riesighohen Stiefeln. Claudia Pute Heidanz ist die Szeneschlampe überhaupt. Männer nennen sie liebevoll Heidewitzka, was ihr gefällt, dann kichert sie. Männer wissen nicht, daß der Name Heidewitzka von einer Nazibraut aus einem Ufa-Film kommt. «Rate mal, mit wem Pute jetzt wieder rumgemacht hat?» fragt mich Judith.

Ich überlege, mit wem sie schon alles, um darauf zu schließen, mit wem sie wohl mittlerweile.

«Mit Sebastian», verrät sie mir, «dabei war sie mal soooo mit Sebs Freundin befreundet. Jetzt ist Pute Gogo-Girl für die Tour von Hirn. Soooo geht das nämlich.»

Ich wußte nicht, daß Hirn eine Tour machen will. Und wieso mit Gogo-Girl, das paßt doch absolut gar nicht zu der Musik. Diese Geschichte gefällt mir nicht.

«Die braucht doch nur Bestätigung», sagt Judith.

Ich kannte mal eine Frau, die sagte über eine andere Frau «Die braucht was Warmes von unten» und meinte einen Samenerguß damit. Ganz so primitiv ist Judith nicht, aber ihr Bestätigungs-Argument ist auch nichts wert. Wie kann man einer anderen Frau nur vorwerfen, von Männern Bestätigung zu brauchen. Aber es ist hart für Frauen wie Judith und auch mich, mitansehen zu müssen, wie einfach es für Puten läuft. «Ich kann die Frau einfach nicht ab, tut mir leid», sagt sie dann. Es scheint, als sei dieser Moment des gemeinsamen Lästerns eine Geste der Freundschaft. Von ihr an mich. Dann kommt alles wenig mühsam Unterdrückte aus ihr heraus. Was sie alles zu tun hat. Das tolle Studium, die AG, der Job in der Seminarbibliothek, die Katze ihrer Schwester, die sie bei sich aufgenommen hat, weil die Schwester ein halbes Jahr in Indien ist. Wir sprechen also über Katzen und daß man es ihnen nicht recht machen kann. «Sie werden richtig sauer, wenn man sie lange alleine läßt. Angeblich sind es Einzelgänger, aber das ist ein Mythos.»

«Wenn man ihnen einmal gutes Futter gibt, essen sie den Dosenkram nicht mehr.»

Der Sänger sitzt mit Gabriel, Sebastian und André in einem kleinen Raum. Jeder hält eine Bierflasche in der Hand. Sie trinken und sind so, wie man sich die Band Hirn privat vorstellt. Also jeder einzelne ziemlich verkrampft bei dem Versuch, gemeinsam lässig zu sein. Das fällt mir jetzt auf. Noch ein paar Monate zuvor schwoll mir die Brust vor Stolz, und ich hörte mich: «Die Guten, die Hübschen.» Und Tilman saß dabei und dachte an alles und immer auch an mich. Freunde sein, zusammen sein, Soundcheck. Seitdem er weggegangen ist, behaupten sie sich wackelig. Ich will gar nicht wissen, was andere wissen. Wie es ihm geht, was er macht. Seitdem er weggegangen ist, behaupte ich mich wackelig. Behaupte ich mal.

Sebastian steht auf und geht aus dem Raum. Er kommt an mir vorbei und sagt nichts, grüßt nicht. Er kennt mich nicht mehr. Grüßen ist, wie ich gelernt habe, ein komplexer sozialer Vorgang. Man erinnert sich eher an die Menschen, die nicht grüßen, als an die, die grüßen. Wenn dich einer nicht grüßt, dann ist er noch nicht fertig mit dir.

Der Sänger stellt sich wieder zu mir. «Ein Songtext kann doch nicht mit ‹warum› oder ‹ich› oder ‹immer noch› oder ‹unglücklich› anfangen. Oder?»

«Warum ich immer noch unglücklich ... Du hast recht», sage ich. Obwohl, seine Meinung klingt sehr auswendig gelernt. Diese Haltung ist womöglich in der letzten Spex nachzulesen.

«Und trotzdem kapiert Seb das nicht», sagt der Sänger.

Das geht mich nichts mehr an, will ich gerade sagen. Da lädt er mich zum Essen ein, als ginge es um eine Testamentseröffnung.

«Ich würde dich gerne zum Essen einladen.»

«Gut», sage ich da. Wir verabreden uns für den nächsten Abend, und er besteht noch darauf, daß ich nichts mitbringen soll.

«Wir haben neue Songs aufgenommen. Wenn du Lust hast, spiele ich sie dir vor», sagt er.

Vor ein paar Wochen trafen wir uns im Freien und spielten Federball bis zur totalen Verblödung. «Hau stärker drauf, du hast Gegenwind!» Ich versuchte es, aber schließlich war der Wind mächtiger als wir. Also gingen wir zu ihm, und er spielte mir neue Songs vor. Das kann er wirklich bieten. Ich will ihn auf die Tournee ansprechen, die Judith erwähnt hat, doch jemand ruft «O Scheiße!»

Alle drängen zur Wohnungstür. Ich quetsche mich durch die Leute im Treppenhaus und sehe sie neben einem Fahrrad hocken. Sie hält sich den Knöchel und wimmert. Eine Frau setzt sich zu ihr und streichelt ihre Schulter.

«Was ist denn passiert?» fragt jemand hinter mir.

«Claudia ist die Treppe runtergefallen.»

«Fährt sie jemand ins Krankenhaus?»

«Die Arme, sind bestimmt die Bänder.»

Ein guter Moment, die Party zu verlassen. Ich will schön träumen, in mein hübsches Bett schlüpfen. Im Vorbeigehen schaue ich mir ihre Stiefel an, Lack in Rosa und Blau. Pute sieht mich an.

The death of a discodancer.

Hirn hat kein Gogo-Girl mehr, es hätte auch gar nicht zur Musik gepaßt. Sie hätte nicht zur Musik gepaßt.

Die peinlichen Schallplatten von früher sind bei meiner Mutter geblieben. Da werden sie auch bleiben. Bis sie so viel wert sind, daß es sich lohnt, meinen Chauffeur rüberzuschicken, sie heimzuholen. Die schlechten, die verstoßenen Platten. Ich höre gerne Musik, ich bin noch voll zu haben für das Lecken der Wunden durch Musik. Es gibt ein Gedicht dazu, es ist von mir, es geht um die Heilsamkeit der Musik und daß diese nicht immer da ist für die Menschen. Nicht selbstverständlich. Sahnegemüsekochen mit Musik wird zu Sahnegemüsekochen ohne Musik ... Das Gedicht ging doch noch mal ganz anders, ich kann's nicht mehr erinnern, es war sehr schön und hatte viel Text. Das bedeutet, daß es mit der Musik als Trostpflaster nicht mehr so arg wie früher ist, früher mit dem miserablen Geschmack und den lausigen Platten. Aber doch. Wenn ich einen Zauberspruch wüßte, der bewirkt, daß mich ein britischer Popstar meines Alters heiratet, würde ich nicht widerstehen können, ihn zu sprechen. Aber sofort, dann wäre ich weg hier, unglaublich.

An der Tankstelle pumpe ich an dem Luftkompressor die Reifen meines Fahrrads auf. Und wieder staune ich unnötig über diese Umwelt. Die Leute verströmen an Tankstellen ungefragt eine sagenhafte Softporno-Stimmung. Aufgebrezelte Frauen steigen aus ihren tiefgaragegepflegten Metallsärgen, tanken für fünfzig und kaufen vier Packungen Marlboro. Dann wakkeln sie mit ihren schwabbeligen Pillenärschen auf ihren Autositz zurück und zuckeln ab. Männer in Bundfaltenhosen tanken für dreißig, blättern in Computer- und Busenzeitschriften und justieren somit ihren abendlichen Flirtfaktor. Dann brausen sie vollklimatisiert los und hoffen, daß sie unerkannt ihren Chef totfahren oder einer Tramperin ihren Penis zeigen können. Solche Leute haben ja auch einen. Ich versorge meine Reifen, kaufe mir eine 0,33 l Dose Bier und fahre eine Weile in der Stadt herum, Wind von vorne. Steh an Ampeln und betrachte Aufkleber und Kinder, die bei Rot gehen. Fahre weiter. Verstört von dieser Fahrradaktion stehe ich plötzlich vor dem Haus, in dem der Sänger wohnt. Für unsere Verabredung bin ich viel zu früh. Er ist nicht da. Ich habe Lust, mich auf die Treppe zu setzen und zu warten. Bei der Überlegung, was der Sänger wohl gerade tut, fällt mir ein, was ich alles hätte tun können. Ich hätte in einen Plattenladen gehen und die neueste Musik hören können. Meine Lieblingsjungs und Lieblingsbands hätten für mich singen können. Ich hätte mich in ein Café setzen und Zeitung lesen können. Ich hätte in ein Kaufhaus gehen und dort die gesamte Dessousabteilung anprobieren können. Und ich hätte das Gebot, den eigenen Slip aus hygienischen Gründen während der Anprobe anzubehalten, bestimmt nicht befolgt. Wenn ich viel Geld hätte, würde ich mir feine Unterwäsche kaufen. Ein zweiteiliges Unterwäsche-Ensemble von Cerruti 1881 kostet unendlich viel Geld. So zweihundert, dreihundert. Leidenschaft aus dem 19. Jahrhundert – Sehnsucht, Verlangen, Begierde – muß man sich eben leisten können. Wahrscheinlich wäre der Sänger schon hochzufrieden, wenn er an meiner preiswerten Baumwollunterhose mit Gummizug schnuppern dürfte. Bis neunzig Grad waschbar. Meine Dose Bier ist noch im Rucksack. Ich trinke sie, bäh, lau. Es ist windig. Ich freue mich auf die heißen Tage. Kleider tragen, abends den warmen Schweiß unter den Achseln auskühlen lassen. Nie passiert etwas. Ich kann hier nicht mehr warten. Ich fahre wieder nach Hause. Ich bin beschwipst. Zu Hause dusche ich, mache meinen Haaren eine Pferdemark-Packung und pflege meine krummen Fußnägel. Dazu höre ich Cole-Porter-Songs, trinke Vitaminnektar aus dem Tetrapak und habe auf einmal gar keine Lust mehr, den Mann zu besuchen. Aber der Gedanke, den Abend mit Cole Porter alleine in der Wohnung zu verbringen, ist so unrealistisch. Ich lebe schließlich nicht in einem Studioappartement und habe einen sagenhaften Ausblick auf die Stadt. Ganz im Gegenteil. Natürlich werde ich den Mann besuchen. Ich bin sogar knapp unpünktlich. Er setzt mich in seine Küche. Alles tipptopp sauber bei ihm. Schade eigentlich, kann man denn gar nicht mehr rumschmuddeln bei Leuten. Er packt Lebensmittel und Weinflaschen aus einer Pennytüte auf den Tisch. «Ich wußte nicht, ob du lieber rot oder weiß magst», sagt er.

Was soll ich da sagen, ich weiß es selber nicht.

«Ich habe Kleinigkeiten für eine pseudoitalienische Vorspeisenplatte gekauft», sagt er und läßt die Zutaten vor meinen Augen Parade halten.

«Ich esse alles, nur keinen Schafskäse, kein Fladenbrot und keine Oliven. Bitte. Bitte, bitte.»

«Ja doch.» Er lacht, weil ich so witzig bin. Er entkorkt eine Flasche Roten. Der Wein wird rote Zähne machen, und es ist mir egal. Wir heben dezent die Gläser zum Gruß.

Er öffnet eine Dose Artischockenherzen, kippt sie über dem Ausguß in ein Sieb und läßt sie abtropfen. Dabei spricht er über einen Film, den er vor ein paar Tagen im Fernsehen gesehen hat. Ich schaue mir seine Arme und Hände an, während er Tomaten und Mozzarella schneidet. Männer haben Adern, die so stark hervortreten. An den Armen und an den Händen schmücken sie den Mann. Das finde ich sehr schön. «Hörst du mir eigentlich zu, Ruth?»

«Du sagtest, Ornella Muti sei in der Chronik eines angekündigten Todes besonders attraktiv. Ich kenne den Film.»

«Kennst du auch das Buch?»

«Nein. Ich kenne das Buch nicht.»

«Claudewitzka hat sich ja gestern die Bänder gerissen», sagt er.

«Die Arme.»

«Jedenfalls wollte sie uns auf der Tour begleiten.»

«Das wird nicht mehr gehen.»

«Willst du das nicht machen?»

Die Tour ist genau geplant. Drei Konzerte, ein Off-Day, vier Tage insgesamt. Man würde einen Bus vom Rockbüro mieten und als erstes nach Darmstadt fahren. So erklärt er es mir. Vier Tage Schweiß und Enge. Ich will das erleben. Das Tanzen ist nicht wichtig. Es kann auch eine weitere Frau mitkommen. Wie ich will. Auftritt in der Stadt, in der mein Freund lebt. Ich will das erleben. Auf der Bühne werde ich stehen und hu ha ha machen. Hu ha ha, Tilman. Nach dem Essen hören wir Musik. Wir sitzen in seinem Zimmer auf dem Parkett und trinken jetzt den Weißen. Kassetten, CDs, Musikzeitschriften und Platten sind über den ganzen Boden verstreut. Eine Tafel Schokolade liegt zwischen uns und wird langsam und betont genußvoll gegessen. Mir ist übel, und ich denke trotzdem daran, ihn zu küssen. Ihn zu küssen und mich plötzlich zu übergeben. Die gesamte Bodenfläche mit all den Kassetten, Platten und CDs zu überspülen. Dann müßten wir ordentlich Seiten aus der Musikzeitschrift herausreißen, um damit das Parkett zu säubern. Vorher sollte man die Artikel auf den Seiten der Musikzeitschrift noch mal laut und gründlich lesen, damit man weiß, was wegkommt und ob es einem leid tut.

«Ruth, warum sagst du nichts?» Er nimmt meine Hand.

Einer sagt «Wir könnten knutschen».

Ein anderer im Raum «Mit wem?».

An der Tür gibt er mir ein Hirn-Tape mit, zum Auswendiglernen. Als wir vorhin auf dem Boden lagen, hörte ich mit Konzentration der Musik zu. Der Sänger hatte eine CD eingelegt, und da war für einmal etwas Schmerzhaftes dabei: ein Leben in einer anderen Melodie. Wenn ein Lied genau das will, ist es etwas Besonderes. Etwas, das weh tut und schön ist. Niemals wird der Sänger so etwas hinkriegen. Niemals wird Hirn so etwas schaffen. Die plärren nur immer wie dumme Hunde. Die armen Kleinen. Ich werde ihnen helfen. Ich werde dabeisein. Ich werde gut sein. So gogo-gut, Sie verstehen.

Ich werde Judith anrufen und sie fragen, ob sie mitkommt auf die Tour. Vor ein paar Jahren waren wir für ein Wochenende zusammen in London und amüsierten uns einigermaßen in diesen teuren Clubs. Ich hoffe, daß sie mitkommt. Ich weiß auch sonst niemanden, den ich fragen könnte. Um elf Uhr vormittags rufe ich sie an. «Judith, magst du den Sänger von Hirn?»
«Den. Geht so.»
«Und Gabriel, André, Sebastian?»
«Werden die verkauft?»
Ich erkläre ihr alles. Sie begreift es als Gelegenheit, Frauen wie Pute überflüssig zu machen. «Ich muß erst fragen, ob sich meine WG um die Katze kümmern mag. Außerdem bin ich mit meiner Hausarbeit noch nicht fertig.»
«An welchem Thema schreibst du?»
«Lingu. Autoritätsstrukturen in der Werbesprache.»
Sie will es sich einen ganzen Tag lang überlegen. Ich warte auf den Postboten. Ich trinke eine Tasse Kaffee. Ich esse ein Roggenbrötchen mit Jagdwurst. Ob so eine Band etwas Geborgenheit abgeben würde? Ein Stück mehr Teilhabe als sonst. Ich werde eine Funktion haben. Doch ich habe für die Auftritte nichts anzuziehen. Verena hat so viele Klamotten. Ich sollte sie mal wieder besuchen. Doch dann gibt's wieder Vorträge. Sie glaubt an die Ausbildung von Kreativität, Interesse und Engagement. Sie glaubt an die wundersame Kraft dieser Dinge. Express Yourself, Starlight Express, American Exzess. Wir beide

sind aus reiner Sentimentalität befreundet. Als ich mich noch für Theater, Inszenierungen und verstörende Jungregisseure interessierte, sind wir uns näher gewesen. Ich höre den Briefträger im Treppenhaus an den Briefkästen klappern. Gib mir Post. Vielleicht sollte ich mir ein Abonnement aufschwatzen lassen, jeden Tag eine Zeitung für mich. Vielleicht käme auch ein Zeitungsbote, der Weihnachten mehr als Schokolade erwartet. Es ist nur eine Karte von meiner Mutter im Briefkasten. Wir sind verabredet, heute abend zur Feier ihrer Malschule zu gehen. «Liebe Freundinnen und Freunde», steht auf der Karte aus schwerem blauem Karton, «wir möchten mit Euch das 10jährige Jubiläum der Malschule C. W. Gerstenhof und des Freundeskreises Kunst auf dem Gerstenhof e.V. feiern. Eine Hausausstellung, fröhliche Musik, kulinarische Genüsse und Tanz auf der Tenne erwarten Euch. Wir freuen uns!» Die Mutter schrieb «Hole Dich um 19 Uhr ab, Deine Renate» darunter. Noch so viele Stunden bis dahin. Ich will einen Tag erleben, an dem ich abends müde bin. Einen Tag, dessen Höhepunkt nicht die Party edel-zottliger, verstörter Kunstpädagogen ist. «Rette dich, Mädchen», denke ich theatralisch und gehe vom Briefkasten die Treppe zu meiner Wohnung hinauf, als wäre ich die hochwohlgeborene Hüterin des Hauses Usher. Usher oder Asher? Edgar Allen Poes gesammelte Werke stehen stumm auf meinem Bücherregal. «Wegen Semesterferien geschlossen» sagt das Regal zu mir und gibt mir keinen Trost, keine Aufgabe. Ich schalte den Fernseher an, lege mich aufs Bett, drehe dem Fernseher den Rücken zu und höre mir eine Jugendsendung auf dem ersten Programm an. Wenigstens wegsehen will ich dabei. Eine Plastik-Rocksängerin wird gefragt, wie sie eine solche geworden ist. Sie sagt auf Geheimsprache «Weil ich schließlich den Richtigen lutschte» und auf deutsch «Gesangsunterricht und sehr viel Glück, hihihi». Doch das Glück ist ganz auf meiner Seite, denn der Jugendsendung folgt ein alter amerikanischer Schwarzweißfilm. Ein schöner alter Film, ich versenke ganz tief meinen Nachmittag darin. Da liegen sie in Seide und Satin, diese lasziven Geschöpfe, atmen schwer in ihren großen Zimmern mit den hohen Decken, und sie erreichen sich gegenseitig nicht, auch nicht telefonisch. Die Räume haben Gardinen und Textiltapeten, es ist kein Staub zu erahnen, stets schweres Atmen nach den Drinks und den Diskussionen im Morgenmantel. Die Probleme dieser Menschen zehren an mir. Da war einmal die Liebe, dann ist sie wohl verschwunden, und alle suchen so sehr danach, in diesen ganzen Dekorationen, daß man weinen will und später sagt, das war ein schöner, alter Film. Dauernd die eine Frage, ob sie wieder zusammenkommen. Als gäbe es sonst keinen Ausweg. Sie erreichen sich weder telefonisch noch sonstwie. Gäbe es keine Happy-Endings, könnte man gleich einpacken: Wir werden eine Familie gründen, eine Drittwohnung nehmen und im Alter immer noch passabel aussehen. Mein Telefon klingelt. Ich schalte den Fernseher ab.

«Hallo.» – «Hier ist Volker. Hi, Ruth.»

Ich bin überrascht. Er hat mich noch nie im Leben angerufen.

«Woher hast du meine Telefonnummer?»

«Verena hat sie mir gegeben. Du hast zur Zeit keinen Job, oder?»

Sein Galerist benötigt eine Bürohilfe, und da hat er an mich denken müssen. Ich kann mir die Sache heute noch ansehen. Ich dusche, putze mir die Zähne, ziehe mich unauffällig an.

Ganz schnell sehe ich aus wie eine Studentin, die sich für einen Job in der Kultur- und Kunstbranche interessiert. Sitzende Tätigkeit, lächelnde Fähigkeit, Optimisten gerngesehen. Bürojobs sind derart blöd, daß daraus die Vorstellung von Sex mit dem Chef erwächst. Auf den Akten. In einer Galerie. Ich will diesen Job nicht haben und lasse mich trotzdem sehen. Vielleicht wird Volker über mich herfallen. Er wird aus Versehen stolpern, und ich werde ihn auffangen, und wir sehen uns tief in die Augen und haben eine Portion Sex. Dann wird sich schnell herausstellen, daß alles ein Versehen gewesen ist, er wird mir schweigend die Blusenknöpfe annähen, ich seine Knutschflecken mit Franzbranntwein abreiben und tschüs.

Volkers Atelier ist in demselben Gebäude, in dem sich die Galerie befindet. Typisch Altbau, der auf Loft getrimmt ist. Etagenkünstler Volker steht an der Tür und sieht gut aus. Er trägt ein Tweedjacket, darunter ein weißes Hemd, das über einer grauen Jogginghose schlabbert, die von einer riesigen Nike-Speedline an der Seite geziert ist. Motzige Turnschuhe in Rot-weiß-blau komplettieren den lässigen Eindruck ungemein. Er swingt mit mir zu einem Stuhl, auf den ich mich setzen soll. Er will mich seinem Galeristen persönlich vorstellen, aber wir müssen warten. Eine Stunde sitze ich auf diesem unbequemen Stuhl. Volker kocht uns einen Tee und blättert nervös in Zeitschriften mit sensationellen Fotografien. Der Galerist kommt nicht. Ich stehle Volker die Zeit und kann nichts Spannendes auf wahnsinnige Weise erzählen. Will ich auch gar nicht. Schweigen kommt immer gut. Ich tue nichts. Nur der Künstler kann die Zeit nicht teilen, er ist unentspannt. Ganz anders als in der Bar. Er schlürft den Tee, hustet, läuft zu seinem Faxgerät, kommt zurück und setzt sich wieder, nimmt eine weitere Zeitschrift in die Hand.

«Ich glaube, der kommt heute nicht mehr», sagt er.

«Okay, dann gehe ich jetzt.»

«Eigentlich kannst du dir schon die Räume und das Büro ansehen. Ich hab ja einen Schlüssel. Zur Zeit hängen Bilder von tschechischen Separatisten.» Er lacht, es war wohl komisch gemeint.

Wir gehen hinüber, Volker nimmt sein Handy mit.

«So wie ich Jürgen verstanden habe, werden es nicht mehr als acht bis zehn Stunden die Woche sein. Er zahlt schlecht.»

Natürlich zahlt er schlecht. Diese Jobs laufen nicht auf Geld hinaus. In einer Galerie zu arbeiten ist Parfum statt Schweiß, dafür kann man wirklich dankbar sein. Ich meine, wirklich. Ich stelle mich in die Mitte des großen Ausstellungsraumes. Ich gehe zum Fenster. Ich betrachte die tschechischen Bilder nur flüchtig. An wen oder was würde ich hier acht bis zehn Stunden denken. Nicht auszumalen. Das ist witzig.

«Das Büro», sagt Volker mit einer Kopfbewegung und geht voran.

Im Büro stehen Glasschreibtische, vier elegant inszenierte Di-Laurentis-Pflanzen, zwei schöne schwarze Ledersessel, ein Regal mit Aktenordnern und Katalogen. Es gefällt mir. Es ist kühl und dunkel, eine Flucht vor den alpinweißen Ausstellungsräumen. Volkers Telefon klingelt. Es ist der Galerist, er komme nicht mehr. Ich soll meine Telefonnummer hinterlassen. Einen schönen Gruß und eine Entschuldigung richtet Volker mir aus, dann geht er mit dem Galeristen am Apparat aus dem Raum. Ich schaue mir an, was auf dem gläsernen Schreibtisch liegt. Ich schlage eine Mappe auf. Ich schließe die

Mappe, hinterlasse meine Telefonnummer auf einem Zettel und schalte das Radio an. Make it easy on yourself, make it easy on yourself. Because breaking up is so very hard to do. La la la.

Von wem ist das noch mal.

Make it easy on yourself. Make it easy on yourself. Cause breaking up is so very hard to dooooooooooooohuhuhuhu.

Das Lied verklingt, ich schalte das Radio wieder aus und gehe zu Volker, der mit den Worten «Tu das bitte auch» und «Ja, ja, ja» sein Gespräch mit dem Mann beendet.

«Was war das denn für Musik», fragt er mich und schaut mich so ganz direkt an. Er ist einen Kopf größer als ich.

«Ich weiß nicht.»

Er legt seinen Arm über meine Schulter und geht mit mir hinaus. Wir stehen auf der Straße. «Wir sehen uns», sagt er.

«Dann bis dann.»

Meine Mutter Renate sitzt wie frisch aufgebrüht auf meinem Bett. Von einer zweitägigen Lehrerfortbildung zurück, eilt sie flugs zu der Lebensstätte ihres einzigen Kindes. Meine Mutter schaut sich nicht mehr wie früher in diesem Zimmer um.

«Du guckst doch sonst immer wie verrückt, was bei mir rumliegt. Schau mal, da neben dem Bett liegt mein Tagebuch, ohne Schloß.»

«Bitte sei jetzt nicht witzig.»

«Wann denn?»

«Nachher.»

«Sag mal, Mutter, was soll ich anziehen. Modell Pädagogin, die sich heimlich Scheußlichkeiten aus Frauenzeitschriften bestellt hat?»

«Ja, hast du denn so was?»

«Du hast mir doch neulich Abgetragenes von dir gegeben.»
«Ach nein, bitte nicht. Das erkennen die doch, daß das meine Sachen sind. Trag was eigenes.»
«Bist du noch oft in dieser Malschule?»
«Ich habe mich mit der neuen Lehrerin etwas angefreundet, deshalb macht es wieder Spaß.» Meine Mutter malt wie eine viertklassige Neurotikerin. Seit Jahren hängt sie mit diesen C. W. Gerstenhof-Kunstökologen zusammen. Stets folge ich ihr brav zu den gelegentlichen Veranstaltungen, die aus einem vorzeitlichen Satirebuch stammen könnten. Aber es gibt sie wirklich. Die Ausstellung einer Fasten-Wander-Malgruppe habe ich gesehen. Die Lieder einer Chorreise habe ich gehört. Ihre Tränen habe ich geahnt, wenn sie mir am Telefon die freudlosen Wochenenden eingestand. Aber ehrlich, ich mag diese Szene irgendwie. Die freuen sich immer so, wenn die mich sehen. Die geben mir Wein und fragen nicht lang, wenn ich mich weigere, dafür in die Getränkekasse einzuzahlen. Die sind glücklich, wenn man mit einer Unterschriftenaktion ihre Arbeitsplätze verteidigt. Die sind kindisch, übergewichtig und haben bestimmt mehr als Wochenmärkte und Straßenfeste erlebt. Die haben alle ein geheimes Leben.

Zehn Menschen tragen Seidenschals, vornehmlich in Schwarz und Rot, um den Hals gewickelt oder lässig um Gewand und Dekolleté drapiert. Sieben Frauen tragen vornehme, kleine Halstücher, so typische à la Paris, mit Blumen- und Pferdezaumzeugmotiven. Bei der ersten Gruppe ist die Wirkung leicht genialisch, die hat wohl schon Erfahrung mit abstrakten Aquarellen, die andere Fraktion verzeichnet wahrscheinlich im Familienkreis eine stete Nachfrage nach radierten Stilleben. An solchen Abenden ist man doch sehr auf seine Schubladen und Vorurteile angewiesen. Dieser Gedanke läßt mich wieder das biologisch-toskanisch-umbrische Buffet aufsuchen. Ein fetter Typ stellt sich neben mich und beschwert seinen Teller mit unzähligen Sahnekäsehäppchen, die teilweise mit Knoblaucholiven garniert sind. Dann schaut er sich mit großer Gestik um und schaut, ob ich schaue. Also bitte.

«Haben Sie diesen exquisiten Weißwein schon getrunken?» fragt er. «Warten Sie, ich hole ein Gläschen.»

Schon eilt der Fette davon, und ich halte seinen schweren Teller mit Sahnekäsehäppchen. Riecht nach Ziege.

«Was viele nicht wissen», jetzt kommt der lange Redefluß und der trockene Weißwein, «dieser Jahrgang wurde unter anderem von einem prominenten Mitglied des Bundestages gepflückt.»

Ich verschlucke mich fast. «Ach, deshalb schmeckt der so gut.»

«Ja, finden Sie nicht auch?» Ich schweige. Er hält's nicht aus.

«Wollen Sie denn gar nicht wissen, wen speziell ich meine?»

«Wen meinen Sie denn speziell?»

«Raten Sie mal!» strahlt der Fette wie ein glänzendes Baby. Ich nenne zwei Sozialdemokraten, die überhaupt nur in Frage kommen könnten.

«Ja, das denkt jeder. Aber das Leben will es anders und zweitens als man denkt. Sie befinden sich im falschen Lager.»

«Das ist doch italienischer Wein, nicht wahr?» Ich nippe und koste, als könne man die korrupten Finger aus dem Wein herausschmecken, die ihn gepflückt haben. Ich schließe die Augen und konzentriere mich, nippe wieder. Wen sehe ich? Der Fette verfällt in begeisterte Erregung ob meiner Gala, ich höre, wie er seine Sahnekäsehäppchen zermalmt und kräftig hinterherspült.

«Ich kann es nicht sagen», lautet meine Kapitulation. Der Fette ist jetzt noch begeisterter. Ohne Vorwarnung fangen Leute an, «Fuchs, du hast die Gans gestohlen» zu singen. Alle lachen und klatschen. Es hört sich ausgesprochen nett an. Dann tritt die mondäne Ulrike vor und hält eine Rede. «Was wir wollten, was wir waren, und wie schön alles geworden ist.» Sie dankt ein paar Ärzten und Hebammen für die jahrelangen finanziellen Wohltaten aus dem Unterstützer-Freundeskreis und verliert schließlich Worte über die Ausstellung, die einen Überblick der künstlerischen Produktion der letzten zehn Jahre gewährt. Schließlich fordert sie die SängerInnen auf, mit dem Jubiläumsständchen anzufangen.

Die mondäne Ulrike ist mir noch aus Schultagen bekannt, sie war in der Oberstufe Französischlehrerin. Ich hatte nie Unterricht bei ihr, sie soll sehr links und sehr streng gewesen sein. Geschichte der Pariser Kommune zackzack aufgesagt, oder sie wurde übellaunig. Andererseits organisierte sie Klassenfahrten und Austauschprogramme, die vom Feinsten waren. Die französischen Kommunisten hätten Lebensart, hieß es anerkennend aus der Parallelklasse. Sie heiratete vor ein paar Jahren einen bekannten Sportreporter, der ihr zur Hochzeit einen roten Alfa Spider schenkte. Wer lebt schon so wie die mondäne Ulrike. Ich lasse mich beeindrucken von äußerlichen Formen. Das paßt überhaupt nicht zu mir. Noch nie habe ich in einer roten Spider gesessen, ich kann das alles gar nicht beurteilen. Aber ich schaue mir das Spektakel hier ziemlich ungerührt an. Könnte tagelang hierbleiben.

Meine Mutter und ich werden zur Mixkassetten-Phase müde. Die mondäne Ulrike, die Damen mit den Schals und selbst der Dicke tanzen so wild sie wollen.

«You are a superstar, yes that's what you are, come on and vogue.»

Meine Mutter fragt mich, ob ich tanzen möchte. Ich überlege kurz und schüttele den Kopf. Das ist ihr recht. Sie fährt mich nach Hause. Im Auto erzähle ich von der Tournee mit Hirn. Als ich Berlin erwähne, fragt sie, ob ich von Tilman gehört habe. Er hätte noch ihre Gitarre. Ich sage nichts dazu. Im Bett möchte ich gerne weinen. Meine Mutter sagt immer, wenn es um Berlin geht, Tilman habe noch ihre Gitarre. Wahrscheinlich nuschelt sie es in sich hinein, wenn sie abends alleine vor der Glotze sitzt und in der Tagesschau von den Berlinplänen des Bundestages oder der Bundesregierung hört. Der Nachrichtensprecher liest «Die Bundesregierung erwägt, in Berlin alles dann oder dann abgeschlossen zu haben», und Mutter entgegnet dem Nachrichtensprecher «Tilman hat noch meine Gitarre». Ich habe nicht mal einen alten Waschlappen, durch den ich in transzendentalen Kontakt mit ihm treten könnte. Aber meine Mutter wartet noch auf ein Wiedersehen und eine Zukunft, in der Tilman ihr wie selbstverständlich die Gitarre wiedergeben wird. Sie quält mich damit. Am Ende meiner Tage werde ich vermerken, ob Tilman meiner Mutter ihre Gitarre wiedergegeben hat, mit der sie 1969 im Hörsaal C Biologie die Matratzenfraktion musikalisch-politisch unterstützte. Die haben jetzt noch Ohrenpfeifen.

Verena hatte mich mal gefragt, ob ich Interesse habe, in einer Gruppe mitzumachen.

«In einer Gruppe?»

«Du weißt, was ich meine.»

Ja, ich wußte, was sie meint. Und seitdem weiß ich, daß sie etwas für mich zu arrangieren versucht. Mich in eine Gruppe zu schleusen. In ein Theater-Projekt einzubinden. Es ist durchaus möglich, sich über Bekannte und Beziehungen den mühseligen Weg des Fleißes und des Engagements zu sparen. Wie man es auch versucht, ob mit oder ohne Beziehungen, Glück spielt immer eine Rolle. Verena sagt nun auch ganz bestimmt «Ruth, du hast Glück. Es gibt diese Saison wieder eine neue Projektgruppe.» Auf meinem Anrufbeantworter höre ich diese Worte. Deshalb soll ich heute mittag zu ihr ins Theater kommen.

Letztes Jahr lieh ich mir in Absprache mit Verena ein Kleid aus dem Theaterfundus, um es auf einer eleganten Party zu tragen. Das Kleid war ursprünglich für eine Botho-Strauß-Inszenierung, «Trilogie des Wiedersehens», gefertigt worden, so ein schicker Fummel für Vernissagen-Kulissen, genau so was brauchte ich. Das Kleid war jahrelang nicht mehr eingesetzt worden. Verena hatte es regelrecht vergessen. Am nächsten Tag, nach der Party, rief sie mich an und bat mich, das Kleid schnell vorbeizubringen. Eine Schauspielerin fiel wegen Erkrankung für die Abendvorstellung aus, nur eine Nebenrolle, und eine Kollegin müsse sie vertreten. Verena meinte, daß das von mir geliehene Kleid der Vertretung ganz genau passen würde. Ich hatte keine Zeit mehr, das Kleid in die Reinigung zu bringen, aber es hing zum Auslüften schon stundenlang auf dem Balkon, also sagte ich Verena, es wäre frisch und sauber. Pünktlich zu Maske und Ankleide hatte die Nebenrolle das Kleid. Unglücklicherweise bekam die Gute einen allergischen Asthma-Anfall von dem Lavendelparfum meiner Großmutter, das ich am Abend vorher großzügig über mich und den Fummel geschüttet hatte. Mir war eben so altmodisch zumute gewesen. Der Notarzt kam und mußte sie mit Sauerstoff versorgen. Erst als das Kleid runtergerissen war, so erzählte Verena später, wußte sie, daß die Unglückliche überleben würde. Die Vorstellung fand zwar statt, eine Hospitantin oder so sprang ein, doch die allergische, aber hoffnungsvolle Schauspielerin wurde vom Intendanten seitdem nicht mehr besetzt. Verena erzählte mir, die Arme habe sich eines Nachmittags in der Kantine mit trockenem Weißwein vollaufen lassen und geschrien: «Innerlich schwärme ich, und innerlich versiege ich.» Danach hat sie mit einem Bühnenhilfstechniker geknutscht, von dem sie mittlerweile ein Kind erwartet, das eines Tages Intendant sein wird, und dann kriegt die Mutter 'ne Extraloge. So.

Ich sage dem Pförtner, der im Glaskasten des Bühneneingangs sitzt, daß ich mit der Kostümbildnerin Verena M. verabredet bin. Er greift zum Telefon, ruft sie an und meint «Warten Sie». Verena kommt mit den Worten «Hallo, Schatz». Das sagt sie nur in ihrer Arbeitszeit zu mir. Alle Menschen am Theater sagen stupide «Grüß dich». Wie sie wohl Sex macht, frage ich mich. Immer, wenn ich sie sehe, frage ich mich dies aus einem totalen Zwang heraus. Macht sie es so oder so, so oder so, so oder so? Verena erzählt mir von dem Dramaturgen, der das diesjährige Studentenprojekt plant. Er heißt Wieland Kaber und ist schon seit ein paar Jahren Dozent an der Uni. Ich erinnere mich, seinen Namen auf Pinnwänden gelesen zu haben, auf dem Flur im Germanistischen Institut. Er möchte die Beziehung zwischen Uni und Theater durch praktische Arbeit ausbauen. Heute trifft sich dafür das erste Mal die Gruppe von Studenten aus der Germanistik. Ich dürfe dabeisein. Verena hat alles für mich geregelt. Es wäre sicher eine inter-so-und-soante Erfahrung für mich, sagt sie. Die Gruppe habe sich bereits in den Semesterferien konstituiert, aber noch nicht getroffen. Verena redet, und ich folge ihr in ein Geschoß, gehe mit ihr durch einen Gang mit vielen Pinnwänden und Türen, und vor einer bleiben wir endlich stehen. Verena sagt, sie hätte dem Assistenten, Bernd-weißt-du, von mir erzählt, und da ich schließlich Hauptfach-Studentin sei und ein abgeschlossenes Grundstudium nachweisen könne, sei es mein gutes Recht, an dieser Gruppe teilzunehmen. Die anderen Studenten hätten zwar alle zwei Scheine bei Kaber gemacht, aber es sei noch ein Platz in der Gruppe frei, und man könne ja auch erst mal sehen, wie es läuft.

«Was für ein Projektthema, Verena?»

«Es wird dir gefallen und Spaß machen. Mädchen, gefallene Mädchen.»

Sie geht weg, und ich klopfe an die Tür. Kein «ja, bitte?». Also öffne ich die Tür und betrete einen großen Raum, in dem ein Klavier und ein paar Stühle stehen. Acht, neun Leute sitzen rum, tuscheln oder schweigen lesend. Ein Typ, ein wirklich ganz Hübscher mit braunen Locken, kommt auf mich zu und stellt sich als Bernd vor. Ich sage ihm, wie ich heiße. Bernd gibt mir eine Liste, in die ich meinen Namen, meine Adresse, meine Telefonnummer, mein Hauptfach und meine Semesteranzahl eintrage. Dann sagt er, Kaber müßte in einer Viertelstunde kommen. Dann fällt ihm ein, man könne ja Kaffee kochen, und fragt mich, ob ich Lust hätte, dies zu tun. Ja, sage ich, Kaffee ist prima. In einer Ecke steht ein Tisch mit einer Kaffeemaschine, Kondensmilch und einem Paket Zucker. Die Tassen und Löffel sind ungespült und fleckig. Bernd nimmt ein Tablett, stellt die Tassen und die Kaffeekanne darauf. «Ich zeige dir, wo man Wasser holt», sagt er. Wir gehen auf den Gang und bleiben vor einer Tür stehen, auf der das Zeichen für Herrenklo abgebildet ist.

«Für Frauen ist einen Stock höher, etwas kompliziert zu finden», erklärt er, «deshalb holen wir immer hier das Wasser.»

Die Tür ist abgeschlossen, ist gerade jemand drin. Bernd stellt das Tablett auf den Boden und sagt, er ginge erst mal zurück. Ich warte also. Ein Mann kommt schließlich raus, ich beuge mich schnell hinunter zum Tablett, damit für ihn offensichtlich wird, warum ich eigentlich vor dem Männerklo stehe. Ich gehe hinein. Auch das noch. Was für ein Stinker. Macht noch nicht mal das Fenster auf. Der Mann hat einen ganz dichten Geruch zurückgelassen und hielt es nicht für nötig, die Fenster zu öffnen. Männerklo, Kaffeekochen, diese Giftwolken, Hölle, wo ist dein Schatten. Ich öffne die Fenster, spüle die Kanne und die Tassen kurz aus, fülle die Kanne mit Wasser und schaffe es leider nicht, den Atem anzuhalten, bis ich wieder draußen bin.

Der Eindruck in meiner Nase kommt von dem Mann, der sich als Dramaturg Wieland Kaber vorstellt. Eine Gruppe von zehn Studenten sitzt in einem Halbkreis, der auf Kaber und Bernd ausgerichtet ist. Kaber sagt, wir säßen hier in dem Musikzimmer des Theaters, in dem, wenn für eine Inszenierung nötig, Lieder geprobt werden. Da gebe es eine hübsche Geschichte mit dem Schauspieler Minetti und diesem Musikzimmer, die habe er aber leider vergessen. Er sagt, er arbeite erst seit einem dreiviertel Jahr an diesem Theater, hätte schon mehrere Lehraufträge an der Uni hinter sich und daß er sich sehr freut, wieder einen zu machen. Er will sich also bemühen, die akademische Ausbildung durch eine Projektarbeit, die Theorie und Praxis verbinde, attraktiver zu machen. Das Thema des Projektes lautet «gefallene Mädchen», ob sich jemand was darunter vorstellen kann, Stichworte genügen.

«Jahrhundertwende», sagt eine.

«20er Jahre», eine andere.

«Weimarer Republik», «Lulu» und ein paar Gedanken kommen noch zusammen.

Ich sage «Bänderriß», werde aber von «kunstseidenes Mädchen» übertönt.

Kaber ist zufrieden und stellt das zukünftige Herangehen vor. Ich habe bereits Konzentrationsprobleme.

Pfingstrosen. Immer wieder kommen Pfingstrosen. Immer wieder kommst du. Es gibt nur dich und mich. Pfingstrosen gehören dazu. Deshalb habe ich Angst in der Nacht. Wenn der Busenhalter kracht. Pfingstrosen sehen das. Und auf der Straße stehst du. Mit Pfingstrosen.

Endlich fühle ich das! So verlegen.

Kaber stellt also das zukünftige Herangehen vor. Man solle jetzt erst mal Literatur sichten. Die erste Phase wäre dann, eine Auswahl zu treffen und sich zu überlegen, wie diese in einen Zusammenhang gestellt und vorgetragen werden kann. Musik und Film könnten auch eine Rolle spielen. In der letzten Phase käme dann die Arbeit mit zwei, drei Schauspielern, die sich bereit erklärt haben, zwei, drei Aufführungen zu machen. Eine Aufführung würde dann im Theaterfoyer stattfinden, eine bis zwei weitere in einer Aula der Universität. Die Regie soll der lockige Bernd übernehmen.

Kaber läßt Literaturlisten rumgehen, für jeden vier Bögen. Dann eine Vorstellungsrunde, jeder soll sich vorstellen und eine Assoziation zum Thema «gefallene Mädchen» spontan vorbringen. Bernd fängt an. Bernd sagt, er heißt Bernd und ist Regieassistent. Er habe in München studiert und sich viel mit Protesttheater beschäftigt. Seine Assoziation zu «gefallene Mädchen» ist «Seidenstrümpfe». Natürlich wird daraufhin gekichert. Dieses Spektakel ist so banal, nur die Nummer mit der Assoziations-Aufgabe ist neu. Wenn Bernd sagt, er hat sich «beschäftigt», dann hat er bestimmt keinen akademischen Abschluß. Drauf geschissen. Was assoziiere ich denn mal? Seidenstrümpfe, kosten zweihundertzwanzig, kann ich mir nicht leisten, sind kühl im Sommer und wärmend im Winter, ich will unbedingt Seidenstrümpfe haben, so was Blödes brauch ich nicht. Du bist als nächstes, sagt Bernd zu mir. Okay, ich sage, daß ich Ruth heiße und dieses Theater liebe und regelmäßig Vorstellungen sehe. Ich sage, ich studiere Theater-Medien seit vier Jahren und meine erste Assoziation zu dem Thema ist ..., «die Frage, ob es gefallene Mädchen heute noch gibt». Ich drehe meinen Kopf zu dem Typen neben mir, der daraufhin sein Ständchen aufsagt. Kaber notiert sich immer etwas, nachdem eine Assoziation genannt ist. Alle anderen notieren sich etwas, schon die ganze Zeit. Da falle ich mir selber etwas unangenehm auf, so ohne Zettel und Kugelschreiber. Als wäre ich zu blöd zum Schreiben. Als könnte ich mit meiner versagten Mitschrift die allgemeine Genialität entweihen. «Habe immer etwas zu schreiben dabei.» Wer auch immer das von sich forderte, hat leider recht. Als Studentin ist man schonungslos nackt ohne Schreiber. Seidenstrümpfe, Analphabeten. Es ist auf einmal ganz kompliziert. Bernd hat drei verschiedene Literaturlisten für neun Leute rumgegeben, damit sich nach dem Zufälligkeitsprinzip drei Gruppen à drei Leuten bilden. Nachdem sich diese Gruppen gefunden haben, sollen sich alle die restlichen zwei Literaturlisten von Bernd abholen. Auch dies. Jetzt habe ich sieben Seiten Literaturangaben. «Und die Sandra, die keine Literaturliste hat, die weiß schon Bescheid, die wird dem Bernd assistieren», sagt der

Kaber so in das Gewimmel. Meine Gruppe besteht aus einer Frau, einem ziemlich schlumpfigen Typen und mir. Wir rücken mit unseren Stühlen zusammen und sagen «Hallo». Ein guter Auftakt. Hier sind wohl große Europäer am Werk. Wir sehen uns die Listen an. Theaterstücke von Wedekind sind angegeben, viele Romane, das Tagebuch einer Verlorenen, ein paar Filmtitel, Sekundärliteratur, Kostümgeschichte, Jugendbewegung, Simplicissimus und so viel zu lesen, daß man ... Nein, lieber nicht.

«Ich kenne das meiste bereits», sagt die Frau aus meiner Gruppe. «Die Stücke sowieso, die Romane müßte ich vielleicht auffrischen, die Sekundärliteratur ist mir zum Großteil schon begegnet.» Der Typ lacht sie an. Ein Lügner, ich kenne solche Masken. «Wedekind hat sehr viel Mist geschrieben, da sind unglaubliche Sachen mit Nymphen und Kinderchen dabei. Sehr fruchtbar für das Thema. Muß man sich genau ansehen», sagt er. Wenigstens hat er eine Meinung. Bernd geht aus dem Raum, er sagt, er wird die Adressenliste durchkopieren, währenddessen die einzelnen Gruppen Termine für Arbeitstreffen ausmachen. Ich sage zu meiner Gruppe, daß ich in den nächsten Tagen keine Zeit habe, erst nächste Woche wieder. Der Typ und die Frau wollen sich trotzdem schon mal treffen, also ohne mich. Ich finde das nicht in Ordnung und sage, wir sollten zunächst die Literatur lesen und uns frühestens in einer Woche treffen.

«Ne du», meint der Typ. «Wir sollten schon mal Tempo machen.»

«Und wie läuft's», fragt Kaber und stellt sich zu uns, «können Sie in zwei Wochen ein Papier mit Ideen ausarbeiten?»

«Kein Problem», sage ich.

«Es wird ein bißchen eng, wenn du erst in einer Woche Zeit hast», gibt die Frau mir petzenmäßig zu bedenken.

Der Kaber belehrt uns darüber, daß Projektarbeit zeitintensiver sei als normale Seminare und daß man sich genau überlegen sollte, ob man die Zeit dafür aufbringen könnte. Der Kaber belehrt eigentlich mich darüber, nicht die anderen.

«Es ist jetzt eine Ausnahme», sage ich. «Sonst habe ich wirklich viel Zeit.»

Vor ein paar Jahren las ich die Autobiographie einer Schauspielerin, die vor der Nazizeit an diesem Theater gearbeitet und Erfolge gefeiert hatte. Auf jeder dritten Seite war eine Liebeserklärung «an das Haus» zu lesen, sehr verschwärmt, sehr divenhaft. Die Gute hat mich dazu inspiriert, im Notfall, wenn mir nichts mehr zu sagen einfällt, einfach so zu schwärmen.

«Ich liebe dieses Theater.»

«Ich gehe regelmäßig zu Vorstellungen in diesem wundervollen Haus.»

Es funktioniert wirklich toll, wirkt weder so hohl noch so abgegriffen, wie es eigentlich unbedingt zu vermuten wäre. Mit verschwärmten Gefühlen würde ich wahrscheinlich besser durch dieses Gewirr von Gängen und Geschossen in die Kantine finden. Wieland Kaber steht im Gang und beschaut sich eine Pinnwand. Ich gehe auf ihn zu, sage «Hallo» und bleibe stehen. Er sagt auch «Hallo» und erkennt mich.

«Sie sind es.»

Ich frage ihn nach dem Weg in die Kantine, weil ich dort nämlich zu einer Verabredung muß. Rotkäppchen und der böse Wolf treffen sich im dunklen Wald, und Rotkäppchen will in die Kantine, um zu fressen. Der Wolf erklärt dem Käppchen ohne Hintergedanken den Weg, denn der Wolf hat bereits gegessen und auch schon sein großes Geschäft gemacht.

«Treffen Sie sich mit Verena Meinecke?»

«Ja», sage ich überrascht. Der weiß ja wohl alles. Kaber will selbst in die Kantine. Auf dem Weg dorthin muß ich mir anhören, durch welches Verfahren er die anderen Studenten der Gruppe rekrutiert hat. Alle haben mindestens eine Hauptseminararbeit bei ihm geschrieben. Ich ja nicht. Das wäre gegen die Bedingungen, die er einmal gestellt hat. Aber Verena Meinecke hätte sich nun mal für mich ausgesprochen, und in einem schwachen Moment habe er sich einverstanden erklärt, daß ich mitmachen kann. Vielleicht könne man sich demnächst in Ruhe unterhalten, damit er meinen Studienhintergrund kennenlernt, der Fairneß wegen. So kann's gehen, Alter, möchte ich ihm sagen, mit ihm über den gleichen Zaun schiffen und mit der noch ganz warmen Pischerhand den Abschiedshändedruck fühlen. Aber ich bin kein Ebenmann, ich bin ich und hier, und ich habe diese eine Beziehung zu Verena, deshalb muß er sich doch nicht gleich ins Hemd machen. Ich habe einigermaßen Lust zu dem Projekt, und ich habe sehr viel Zeit für ein Projekt. Verena hat sicherlich recht, wenn sie das für mich arrangiert hat. Da kommt bestimmt etwas bei heraus, eine Aufführung, am Ende kennen sich alle gut und bleiben ewig in Kontakt, wir sind dann die nächste Generation von Dramaturgieassistentinnen und Souffleusen und Regisseuren und Dramaturgen in Deutschland. In der Kantine verabschieden wir uns freundlich. Ich sehe Verena an einem Tisch sitzen und ein heißes Getränk zu sich nehmen. Mit welcher Grazie sie in ihr heißes Getränk pustet. Ich winke ihr und stelle mich an die Theke, um auch so ein Getränk zu bekommen. Während ich in der Schlange stehe, werde ich darin bestätigt, daß sich die Menschen am Theater allesamt, wenn überhaupt, mit «Grüß dich» grüßen. Du dich auch. Das muß der dominante österreichische Einfluß in den bundesdeutschen Theatern sein. Grüß dich, du schöne Leich.

Hinter mir in der Schlange höre ich eine Frau sprechen: «Kennst du den Masturbationsmonolog von Hemingway? In ‹Haben oder Nichthaben›?» Darauf erhält sie keine Antwort von niemandem. Wahrscheinlich nicken alle hinter mir. Also drehe ich mich lieber nicht um und bemerke: Das war jetzt echt Theater – phantasieanregend.

Ich erzähle Verena von dem Kaberschen Projekt. Sie assoziiert auch ein bißchen, sagt «Louise-Brooks-Frisur», als ich «Tagebuch einer Verlorenen» nenne. Sie sagt, sie hat zu Hause Bücher und Abbildungen, die ich mir anschauen soll. Sie sagt, daß mir dieses Projekt viel bringen wird. Kaber hat einen sehr guten Ruf, ist einer der interessantesten Dramaturgen und wirklich engagiert. Sie könnte auch sagen, daß er zehn Kilo Übergewicht hat, daß er nach kaltem Rauch riecht, daß er traurig aussieht. Scheidungskind, beziehungsunfähig, Haarausfall. Das stimmt genauso. Ich muß mich aussprechen. «Ich habe in den nächsten Tagen leider gar keine Zeit, irgendwas zu lesen oder vorzubereiten. Ich fahre mit Hirn auf eine kleine Tour. Weißt du, so eine kleine Tournee, nur drei Auftritte, aber fünf Tage sind dicht damit. Die Projektgruppe trifft sich in dieser Zeit schon und will ein Ideenpapier formulieren. Es wird schon gehen, ich werde was zu lesen mitnehmen.»

«Du machst das schon.»

«Kannst du mir für die Tour vielleicht was zum Anziehen leihen?»

Verena mag die Musik von Hirn nicht, aber anders als ich. Eigentlich mag ich die Musik ja. Ich setze mich wenigstens damit auseinander. Verena ist einfach ganz uninteressiert, und sie hat auch nicht die Geduld für die Wochenenden, wie ich sie verbringe. Wahrscheinlich ist ihr diese Musikszene in vielerlei Hinsicht zu ungebügelt, und obendrein zu sehr auf pickelige Jungs in Gitarrenbands fixiert. Ist ja kein Geheimnis, daß es so ist. Man kann seinen Spaß damit haben. Auch wenn die Musik kaum zum Tanzen und nicht mal zur Andacht geeignet ist. Platten mit Tilmans Musik, seinem Gesang, kann ich gar nicht gut hören. Das hätte dann ja auch etwas von Andacht. Vielleicht sollte ich das mal ausprobieren. Hab ich aber längst. Funktioniert nicht. Verena sagt, daß ich morgen vorbeikommen kann, sie hat aber nur ganz kurz Zeit, wird mir eins-zwei-drei Sachen geben können. Sie drängt mich, auszutrinken. «Tsüs», hechelt mein heißer Mund.

Die letzte Bandprobe vor der Tour ist angesetzt. Der Sänger bittet mich, Naschkram und Bier zu besorgen. Auf dem Weg zum Bunker hole ich Judith ab.
«Judith, hast du zur Zeit einen Freund?»
«Ich bin verliebt.»
«Kenne ich ihn?»
«Kennst du einen Philosophiestudenten namens Marcel?»
Ich glaube, ich weiß, wen sie meint. «Kenne ich nicht, Judith. Wie ist der so?»
Sie verdreht die Augen, könnte ich auch, aber mit einem ganz anderen Ausdruck.
«Er ist schüchtern. Ich bin noch nicht besonders nah an ihm dran.»

«Woher kennst du ihn?»

«Von der Uni, ich hatte ihn in einem Einführungskurs als Tutor.»

Ich will sichergehen, daß er es ist. «Sieht er süß aus?» Wenn ich Glück habe, läßt sie eine Formulierung wie «süß» durchgehen.

«Er hat lange blonde Haare. Ich mag das seit neuestem.»

Er ist es. «Aber Judith, das ist doch schrecklich – Dein Tutor! Da hat man doch wirklich wenig Chancen. Bei der unerotischen Atmosphäre im universitären Bereich.»

Da sagt sie gar nichts, obwohl sie etwas vergrätzt guckt. Irgendwo in ihrem Innersten weiß sie, daß ich recht habe.

«Weißt du, Ruth, es gibt auch Erotik, wenn man eine intellektuelle Diskussion führt. Wenn Texte schwierig sind, und man sie sich zusammen erarbeitet. Das ist eine höhere Form von Erotik, dazu braucht es keine Puffbeleuchtung.»

Wir hüpfen auf der Stelle, weil uns kalt ist und weil wir Mädchen sind, denen vom Warten kalt wurde. Pitsch-patsch, hüpf-hapf. Judith raucht eine und bläst mich genervt an. Nach der Zigarette kommen sie endlich angefahren, alle zusammen in Sebs Auto. Die wissen schon alle, daß wir es sind, die auf die Tour mitkommen werden. Da reden wir gar nicht drüber, ist eben so. Ganz wortkarg geht das. Keiner weiß, was wir eigentlich genau tun sollen, also machen wir gar nichts. Wir sind Gogo-Girls, die rumsitzen, dabei sind, wir tragen ein Schild, auf dem wird stehen «Gogo-Girl», und das war es dann. Wir versuchen trotzdem, zu tanzen. Das ist bei der Musik von Hirn sogar ein anspruchsvolles Wollen. Großes Hallo, als ich die Süßigkeiten und die Biere aus meinem Rucksack hole. Seb dreht Joints, André schreibt eine Set-List und fragt, ohne Antwort zu bekommen, ob die Reihenfolge, die er sich überlegt hat, überhaupt sinnvoll ist. «Wer rechnet mit Zugaben?»

Ich glaube, alle haben Lust auf die gemeinsamen Tage und die Tour. Der Sänger und der Schlagzeuger Gabriel haben die Tour organisiert. Die Gastspielverträge darf jeder einmal anfassen. «Der Veranstalter (B) stellt Übernachtungsmöglichkeiten für 5 Personen inklusive einem Frühstück pro Person zur Verfügung ...?» liest Judith vor und macht ein bedenkliches Gesicht.

«Ja, Abendessen war leider nicht drin», sagt der Sänger.

«Wir sind nicht fünf, sondern sechs, Mann.»

«Mach dir keine Sorgen.» Wir werden schon zusammenrükken. Alles kein Problem. In Berlin werden wir unsere Übernachtungen privat regeln. Jeder kennt ja jemanden in Berlin. Das wiederum muß nichts heißen.

«Judith-Ruth – könnt ihr zweihundert Spritgeld vorstrekken?»

Ich drehe Däumchen, fülle mich mit Seelachssalat-Broten und ärgere mich über viele blödsinnige Bücherkäufe, die hämisch die Unsicherheit am Anfang meines Studiums dokumentieren. Ich beschließe, mir im Leben keine teuren Theater- und Filmbücher mehr zu kaufen, da diese nur dick und fett herumliegen, wie madenhafte Totgeburten. Ein feistes Potsdam-Babelsberg-Buch und ein feistes Kostüme-der-20er-Jahre-Buch erzählen mir von dem Geld, das sie gekostet haben und das ich lieber zurückhaben will. Ich weiß einfach nichts mit mir anzufangen. Heute ist das ausnahmsweise mal so. Ich schalte das Radio an und höre mir laut – ohne dadurch in meiner kleinen Wohnung Platzangst zu bekommen – High-lights aus Puccinis «Manon Lescaut» an. Der Gedanke, mir etwas Warmes zuzubereiten, stellt sich ein, doch ich komme wieder auf das Bücherproblem zurück. Ich sollte mir doch noch einen Titel von der Kaberschen Literaturliste besorgen. Ein günstiges Buch ohne aufwendige Fotos und prominentes Vorwort. Ein kleines Buch, das ich auf der Tour lesen kann. Eine Blume wächst in der Gegenwart des Lichtes und sträubt sich nie. Give the flower drinking. Ich schalte einen anderen Sender ein, die Gefühle von Manon Lescaut und ihrem Kumpel überfordern mich und meine Boxen. Ich habe mir nie viel aus Klangqualität und Stereoanlagen-Supersound gemacht. Vielleicht ändert sich das im Alter. Hoffentlich vergesse ich diesen Gedanken bis dahin nicht.

Ich nehme ein Buch, trage ein Buch und gehe damit in die Buchhandlung. Der Buchhändler steht dort, und ich wende mich flehentlich an ihn. «Sehen Sie», sage ich, «diesem Buch geht es nicht gut.» Er nimmt es, und seine kalten, braun-grauen Augen sehen mich an. Er raschelt mit seinen Fingern durch die Seiten und gurrt.

Er drückt das Buch an sich und sagt: «Dieses Buch braucht viel Liebe, sehr viel Liebe.»

Ich glaube es ihm und bin erstaunt, vielleicht entsetzt von dieser Antwort. Ich gehe aus dem Geschäft und glaube es nicht. Ich glaube es dann doch einfach echt wirklich nicht.

Ich bestelle «Das Tagebuch einer Verlorenen» von Margarete Böhme in einer kleinen unterstützenswerten Buchhandlung. «Sie können das Buch morgen ab zwölf Uhr abholen.» Da bin ich leider schon weg.

Verena schwebt, küßt mich auf die Wange und lädt mich sogar in ihr Wohnzimmer zum Tee. «Verzeih, ich bin so glücklich», sagt sie.

«Ich verzeihe dir.»

«Er hat mir per Fleurop fünfzig rote Rosen geschickt, und auf der Karte steht: Ich träume von den nächsten fünfzig Jahren mit dir. Und besonders von den nächsten fünfzig Nächten.»

«Ich dachte, ihr seid noch nicht sooo... Fleurop, dann dieser Kavaliersdialekt, als wärest du ein Varietéstar.»

«Er ist halt eben so, ich könnte es auch bei keinem anderen Menschen ertragen.»

Dann erzählt sie von seinem gegenwärtigen Aufenthaltsort, Johannesburg. Er ist Aufnahmeleiter für Werbefilme mit Millionenetats. Im Moment dreht er dort einen Spot für Jeepwagen, in dem sogar Raubtiere zum Einsatz kommen. Verena lernte ihn auf einer Silvesterfeier kennen. Nach einer leidenschaftlichen Woche entschwand er für zwei Monate zu verschiedenen Dreharbeiten. Eine Woche Liebe, zwei Monate Sehnsucht. In diesem Takt lebt Verena seit fast einem Jahr. Es kommt ihrer Karriere zugute, sagt sie. Sexuelle Energie, freie Zeit und ungelebte Leidenschaft steckt sie in die Arbeit. Deshalb hat sie Erfolg. So einfach ist das. Sie möchte Details über die Tour von Hirn hören. Ich habe keine Details. «Warum machst du es dann?» fragt sie.

«Darüber habe ich nicht nachgedacht. Aber das Projekt über gefallene Mädchen könnte durch mich Gogo-Girl unter Umständen eine Spur Authentizität erfahren.»

«Sei doch nicht so naiv. Authentisch ist deine Jugend, deine Haut und dein Körper. Alles was darüber hinaus authentisch ist, hat am Theater nichts verloren.»

Ich habe doch nur einen Scherz gemacht, warum nimmt sie diesen einen Spruch so verdammt ernst?

«Und wieso warst du so entsetzt, als ich vor einem Jahr genau das gesagt habe?» frage ich.

«Du hast deine allgemeinen und besonderen Interessen nicht aufgrund dieser Erkenntnis verloren, sondern weil du und Tilman diese Kleinfamilie nicht gründen konntet und er schließlich verduftet ist.»

«Darüber haben wir schon hundertmal gesprochen. Außerdem wäre ich jetzt eine fette, unzufriedene, überforderte Mutter und könnte nie im Leben mehr als Gogo-Girl auf Tournee gehen.»

«Dann weißt du ja anscheinend doch, wieso du diesen Scheiß machst.»

«Genau. Wer keine Schwangerschaft erträgt, muß wenigstens durch diese Hölle gehen.»

«Noch einen Tee?»

«Ja, danke. Dürfte ich vielleicht auch einen Keks?»

Hauptsache, die Milch wird nicht sauer.

SONGTEXTE machen Gedichten Konkurrenz. Heute werden alle Empfindungen in Songtexte gesteckt, Lyrik ist nur noch für Altfränkische da. Wir leben wohl in einer sehr musikalischen Zeit. Ganz pessimistisch sitze ich im Bus, auf Sebastian wartend. Alle warten auf Sebastian. Seine Freundin, mit der er wohl irgendwie zusammenwohnt, fordert kurz vor der Abfahrt, vor unseren Augen, eine Aussprache. Ich höre noch «Und du hast das wirklich nicht so gemeint?»

«Nein, natürlich nicht.» Schmollig verabschiedet sie sich von ihm, mit der Auflage, er solle sie gleich aus Darmstadt anrufen.

Die albernen Spielchen fangen ganz schnell an. Judith will von jedem Hirn wissen, wie er ihre neuen Stiefel findet. Da kein Hirn Ausdrucksmöglichkeit in diesen Dingen hat, sind die Kommentare freundlich herausgedruckst. «Sehen schon gut aus.» – «Gut find ich die.» – «Sehen gut aus.»

Judith hat dann ihre Art, speziell nachzufragen, die Sache nicht bei sich bewenden zu lassen. «Findest du nicht, daß sie etwas zu grob sind?» fragt sie den einen.

«Zu modisch sind sie doch wohl nicht?» den anderen und lauter solche Sprüche, die sich nur auf der Autobahn mit Geschwindigkeit und Lebensgefühl vermengen.

Ich sage gar nichts, und keiner spricht mich an. Der Sänger schweigt auch. Wir sind die Schweigenden, und die anderen sind die Redenden. Man ißt Chips, Schokolade mit ganzen Nüssen, Gabriels lecker belegte Brötchen, trinkt Sebis Malzbier, kaut Andrés Kaugummi, und Judith liest laut aus einer alten «Bravo» vor, die sie in dem Bus gefunden hat, der also angeblich vom Rockbüro geliehen ist. Nach einer halben Stunde wissen wir alles, was Teenies über Musik wissen. Wie weiter? Wir spielen auf Andrés Vorschlag ein Assoziationsspiel. Man muß ein anderes Wort für ein Wort finden. Nach dem Prinzip «Sag es treffender».

Charakter – Gemütsart, Eigenart

Luftschiffahrt – Aeropilotik

Geschenke – Wohltaten, Präsente, Mitbringsel

Nach drei Begriffen hat keiner mehr Lust, weiterzuspielen. Es ist zu schwer, niemand weiß ein anderes, treffenderes Wort für Pudelmütze oder Dosenfutter oder Wurzelbürste.

Strickkopfbedeckung? Konservenfraß? Ein ganz blödes Spiel, typisch André, der liest nur billige Tageszeitungen mit großem Sportteil.

Man lästert über andere Bands: Die Band hat einen Diabetiker als Schlagzeuger, der beim Touren ganz schön zur Besorgnis werden kann. Die andere Band existiert nur, weil der Sänger Musikjournalist ist und sich seine Abhängigen-Lobby züchtet.

Und die Band hat mal das Publikum betrogen, indem sie sich als Vorband von einer berühmten Band angekündigt hat, die nie gebucht war, und der Eintritt war deshalb ganz hoch. Hat die Band dann ein bißchen Prügel und ein bißchen Ärger gekriegt von dem enttäuschten Publikum, dem vorgelogen wurde, daß die berühmte Band kurzfristig abgesagt hat. Und weiter: Warum sich die Band aufgelöst hat und aber die andere Band, in der mal dieser mysteriöse Bassist aus München war, erstaunlicherweise noch nicht. Irgendwann war Schweigen, dann Dösen, zwischendurch Pinkelpausieren. Autofahren macht mich geil und diesmal auch. Sechseinhalb Stunden Fahrt nach Darmstadt entlassen mich mit einer feuchten Unterhose und schlechter Laune.

Da, wo ich herkomme, gibt es keinen Apfelwein. Tilman hat mal gesagt, Apfelwein schmeckt wie bei einer Oma unterm Arm. Jetzt fängt es schon an, ich denke Tilman. Im Supermarkt frage ich Gabriel, ob er glaubt, daß die Tournee wichtig ist. Kann wichtig sein, sagt der Langweiler. Mit den Apfelweinflaschen unter dem Arm gehen wir zurück zum Bus, und ich und Judith sehen den Jungs beim Ausladen der Instrumente und des sogenannten Equipments zu. Judith und ich tragen unsere Tüten und Taschen mit Klamotten ins «Elidil». Fleißig wie die Ameisen arbeiten die Jungs nun an ihrem Soundcheck, ihren Kabeln und ihren Mikrofonen. «Buff» macht es, «buff, buff», zwei Stunden lang. Die Tresenbedienung kommt auch dazu und schleppt einen Kasten Bier an die Seitenbühne, dazu Saft und Mineralwasser. Alle arbeiten vor sich hin, nebeneinander her, ganz selbstverständlich. Nur Judith und ich haben nichts zu tun. Wir könnten uns die Fußnägel lackieren oder Nasenhaare ausreißen. Oder soll ich Judith harsch anpacken und ihr sagen, was ich mir ganz doll von ihr wünsche? Tage ohne Gespräche über die Festigkeit von Bindegewebe, die Anmut von Fingernägeln mit French Manicure und den Glanz von Frisuren. Ich sollte sie nicht harsch anpacken. Ich sollte ihr zuflüstern: «Vielleicht wird etwas anderes geschehen, du sexy Maus.»

Das «Elidil» ist ein Musikschuppen in einem Gang einer stillgelegten Einkaufspassage. Der Saal ist relativ groß, ein paar wackelige Holztische stehen rum, die Bar ist schmucklos und natürlich ohne Spiegelwand. Ich bin also in Darmstadt, in der Stadt, mit der mich einiges verbinden könnte. Beispielsweise die große Darmstädter Gemeinde, die sich in meiner nordischen Heimstatt aufhält, von denen mir mindestens acht Menschen gut und zwanzig dem Namen nach bekannt sind. Wenn ich mich nicht täusche, habe ich bereits mit einem fetten Darmstädter geschlafen. Mehr als einmal kann es nicht gewesen sein. Sein Schweiß bleibt mir in Erinnerung: Er roch wie kalte Autoreifen. Tilman hatte einen Darmstädter in seiner ersten Band, ein stets braungebrannter Schlagzeuger und Laptop-Angeber. Das dazu. Den Darmstädtern sagt man ein ausgeprägtes Verhältnis zur nationalsprachigen Musik nach. Das ist auch der Grund, warum wir hier sind. Trotz des vielen Darmstadts in meinem bisherigen Leben möchte ich mir lieber vorstellen, an einem unbestimmten Ort der Welt zu sein, nur um hier zu einer nicht näher definierten, unwichtigen Show beizutragen. Eine kleine Frau kommt in den Laden, außer mir scheint keiner Notiz von ihr zu nehmen. Sie guckt so rum und geht auf mich zu. «Hallo», sagt sie. – «Hallo.»
 «Weißt du, ob Hirn schon da sind?»
 «Ja, sind da.»
 «Ich bin mit Sebastian verabredet, ich mache den T-Shirt-Stand.»
 Sie macht den T-Shirt-Stand. Sieh an. Guck einer.

«Vermutlich ruft der gerade seine Freundin an.»
«Was macht er?»
Da kommt Seb schon und freut sich, die kleine Frau zu sehen.
«Carola. Super, daß du schon da bist.» Er will sie küssen.
«Ich glaube, ich gehe gleich wieder», sagt die kleine Carola. Sie geht raus, Sebastian wartet kurz, ich schaue weg, dann geht er ihr hinterher. Die kleinen Tragödien in deutschen Wohnzimmern, denke ich so bei mir.
Den Unterschied bei Mann und Frau sieht man durchs Schlüsselloch genau. Sagt meine Mutter gerne.

Ich gehe auf die Straße. An Carola und Sebastian vorbei. Wohin mit meinen Impulsen. Ich will mich konzentrieren, an den Brunnen gehen, Wünsche sprechen, die Fäuste ballen, eine Wimper ins Wunschland pusten, vierblättriges Kleeblatt sammeln. Ich wünsche mir... Ich wünsche mir... Frag mich doch einer zur Weltpolitik. Frag mich doch einer zu meiner Mutter. Zur Familie der Frauen, die dem jüngsten Mitglied das Märchen vom häßlichen Entlein erzählte, damit es lernte, was zu erwarten war. Meine Großmutter hieß Rebekka, meine Mutter heißt Renate, Ruth haben sie mich geheißen. Das stelle man sich vor. Ich wünsche ihr..., ich wünsche ihr... Doch diese Gedanken verschwinden. Ich möchte mich, bevor der Auftritt zwingend ist, konzentrieren. Ich will nachdenken, klipp und klar festlegen, was ich über das Reisen weiß. Vielleicht hilft es mir weiter. Ich reise nicht. Ich habe einfach keinen Bock auf die Mühsal, Jugend und Beschleunigung an jedem Ortsschild neu zu beweisen. Reisen ist Angabe, Unsicherheit, Enttäuschung, Lebensabend, Romantik. Ich meine natürlich nicht die warmen Regentage auf den schottischen Inseln, First-class-Paris, Lissabon bei Nacht oder Essen und Trinken in Madrid. Das wäre nicht reisen, das wäre natürlich ein anderes Leben. Ich dagegen lasse mich durch die Gegend befördern. Bitte zurücktreten, die Türen schließen, Ruhe bewahren. In diesem Darmstadt gibt es noch keine U-Bahnen. Vielleicht in hundert Jahren. Eine Verlegerpersönlichkeit sagte einmal, man könne Boulevardzeitungen nur in Städten mit einer U-Bahn machen. Ich laufe durch Einkaufspassagen, schaue mich in Fensterscheiben an, sehe ein Stück mehr heile Welt. Bevor ich mich an die Schönheit gewöhne, kehre ich zurück und beschließe, daß die Reise jetzt losgeht.

Ich ziehe mich im Backstage-Raum aus und stehe in Unterhose da. Der Sänger platzt rein. «Oh, na dann ...», verschwindet er wieder.

«Was hatte der denn», fragt Judith, die noch voll bekleidet ist und die Situation deshalb nicht versteht. «Man soll etwas Gebrauchtes, Geliehenes und etwas Neues tragen, das bringt Glück.»

«Und etwas Blaugeschlagenes. Judi, hol uns was Schickes zu trinken.» Ich dränge ihr mit Augengeklimper meinen starken Willen auf. Sie wird Gin-Tonic auftreiben. Aus meiner Tasche ziehe ich ein fleckiges Bundeswehrhemd und ein silbernes Unterhemd. Ich probiere es an, stehe so da und sehe unvorteilhaft aus. Wie geht es weiter? «Sänger, komm doch mal», rufe ich zur Bühne, weil ich annehme, daß der Sänger dort gerade an einigen Kabeln schwitzt. Er kommt auch gleich zu mir.

«Was soll ich anziehen?» frage ich ihn.

«Bin ich Lagerfeld? Wie wäre es mit Hosen?»

«Hosen sind einfach, aber was obenrum?»
Jetzt würde ich gerne mit ihm vögeln. Wie ein billiges Groupie backstage von einem drittklassigen Tingeltangel-Mucker auf dem versifften Linoleum gerammelt werden. Einen riesigen Schwanz fühlen. Es ist toll, eine Frau zu sein und unten zu liegen. Das ist nicht langweilig, und wenn, dann nicht für die Frau auf dem Darmstädter Linoleum.
«Zieh bitte das Soldatenhemd aus. Wir sind in Darmstadt. In Berlin geht das vielleicht. Natürlich vorausgesetzt, wir werden fürs öffentliche Gelöbnis gebucht.» Er lacht hustenartig. «In dieser Tüte hier sind doch schwarze Klamotten drin.» Er wühlt so ein bißchen und ganz lasch in meiner trostlosen Tasche. Es gibt einen Film mit Audrey Hepburn, der in Paris spielt, und in dem sie schwarze Hosen und einen schwarzen Rollkragenpulli trägt, dazu flache Schuhe. In einem existentialistischen Beatclub, in dem alle Männer Franzosenhütis und Segelhalstücher tragen, tanzt sie sehr expressiv. Sie heißt, glaube ich, Gigi oder Lily oder Nini. Die schwarzen Sachen, die der Sänger mir reicht, sind unspektakulär, doch weil ich denke, daß ich damit diesen Audrey-Hepburn-Existentialistenlook kopiere, nehme ich es hin. Judith kommt zurück, und der Sänger geht wieder zu den Kabeln.
«Stell dir vor, ich mußte doch tatsächlich die Drinks bezahlen! Was hast du eigentlich gemacht, Seb ist total sauer auf dich.»
Sie erzählt, daß Sebs Darmstädter Freundin Carola geheult hat, aber nun mit ihm die Hirn-Platten und Hirn-T-Shirts auspackt. Und die anderen sind genervt, weil Seb gerade kein Soundcheck mehr machen kann. Zu Judith hat er dann bemerkt, daß ich mich heute von den beiden fernzuhalten hätte.

Ich beteuere Judith kaltblütig, nicht zu wissen, was das soll. Judith zieht sich auch schwarze Sachen an, doch wir verabreden ganz fest, spätestens in Berlin schriller zu werden. Wir stellen uns vor, daß das Publikum des heutigen Abends aus freundlichen Darmstädter Ökos und bierfixierten gestreßten Architekturstudenten bestehen wird. Da reicht schwarz.

Carola sitzt an dem Eingang des «Elidil» und macht Kasse, neben ihr ein kleiner Tisch mit Hirn-Devotionalien: T-Shirts mit Schriftzug «Hirn war hier» oder nur «Hirn», die zwei Singles «Hirn/Smart» und «Hirn/Clever». Kurzzeitig sprach man noch von der Möglichkeit, daß die Gäste um den Eintrittspreis würfeln sollen. Der Sänger kennt das so aus seiner Heimkneipe. Die Darmstädter Tresenfrau lehnte diese Praktik jedoch rigoros ab, die denkt jetzt, daß wir sehr arrogant sind. Ich denke das auch. Es ist wirklich lustig. Carola fragt mich gepreßt, ob die Leute auf der Gästeliste immer zu zweit umsonst reinkommen. Auf der Gästeliste stehen sechs Leute, von denen aber erst einer hier ist. Ich erkläre Carola, daß Gästeliste normalerweise immer «plus 1» bedeutet, und geh wieder zu Judith, die mit einer Cheeseburger-Mahlzeit nach mir winkt. Sie fragt mich, ob ich den Text von «Dancing Queen» kenne. Da merke ich plötzlich, daß sich die Jungs wie ernsthafte, bemühte, intellektualisierte Musiker fühlen, denen an diesem Abend alles einen interessanten Sinn ergibt, und ich dagegen bin jetzt, wo Judith mich fragt, ganz leergeräumt. «Dancing Queen, young and clean. Na, na, na, na ... Weiß nicht weiter.»

«Heißt es wirklich young and *clean*?» fragt Judith überrascht. «Das ist doch unverschämt.» Es heißt natürlich nicht so. Du, Judith, du.

Ungefähr dreißig Leute sind gekommen. Die Jungs gehen auf die Bühne. Der Sänger trägt ein braunes Lacoste-Poloshirt und braune Cordhosen. Die Brauntöne sind einige Nuancen voneinander entfernt. Auch seine Brille ist geputzt. Er singt ein Lied namens «Selbstmord in Hamburg, Beerdigung in Mannheim». Das ist für Hirn und all die Hirn-Fans in der Welt der einzige Hit. Es geht um die Geschichte einer Frau, die sich umgebracht hat. Eine bekannte Szene-Frau. «Hirn» hat sich von ihrem Schicksal inspirieren lassen und analysiert in dem Lied die leistungsorientierte Musikszene, die trotz allen avantgardistischen Bemühungen der letzten Jahre niemandem eine echte Chance gibt, der nicht doch wenigstens sehr gut Gitarre spielen kann. Judith und ich stellen uns wie jungferliche Blumenmädchen an den Rand, orientieren uns an dem Electro-Synthisound von André und wippen etwas in den Hüften. Wir hangeln uns so durch, sind bestimmt kein Anblick, halten uns an den Händen und Judith schließt ihre Augen. Die Musik wird wahnsinnig laut, beim Refrain «Selbstmord in Hamburg, Beerdigung in Mannheim, wie konnte das geschehen, Selbstmord in Hamburg, Beerdigung in Mannheim, wann hast du sie zuletzt gesehen» sind die Effekte sphärisch, wir heben unsere Arme und wippen weiter auf der Stelle. Das Stück ist zu Ende, die Leute johlen lahm. Judith gibt mir einen langen Kuß auf den Mund. Diese Schlampe, denke ich über meine gute alte Freundin.

Nach dem Konzert verfalle ich in einen post-sauna-artigen Zustand, möchte am liebsten mit den Jungs nackt und keuchend auf den Bänken im Backstage-Raum sitzen und von viertausend Frotteetüchern abgerubbelt werden. Seb lächelt mich an und reicht mir ein Bier. André sagt, daß er es besser findet, wenn dreißig Leute zu einem Konzert kommen und die Stimmung ist dann gut, als wenn hundertfünfzig Leute eng und geballt beieinanderstehen und vielleicht zuviel erwarten. Hört, hört. Im Kindergarten hab ich gelernt: Einbildung ist auch 'ne Bildung. Ich gehe zum Tresen. Ein älterer Türke sitzt da und hebt sein Glas und sagt «War klasse. Du siehst aus wie Uschi Glas». Ich bin entsetzt: «Ich geb dir gleich ein Glas und dann kannst du mal uschi.» Ich setze mich auf einen Barhocker neben Gabriel. Er möchte über Musik sprechen. Wie oft habe ich schon am Krankenbett eines Jünglings gesessen, ihm die fiebrige Stirn gewischt, heißen Zitronentee eingeflößt, die Hand gehalten und aus der aktuellen Spex vorgelesen. Das war Liebe ohne Sex, Liebe mit Spex. Jahre ist es her, immer noch sitze ich an einer Bar. «Ich bin zufrieden», sagt Gabi, «wir waren gut zusammen.»

Wahrscheinlich meint er mit «gut zusammen», daß alle Jungs parallel oder so, jedenfalls schön miteinander musiziert haben. Will ich ihn glücklich machen, indem ich mit ihm über die Band spreche? Während André und Sebastian die Instrumente abbauen, sie in ihre Koffer verpacken, Kabelkilometer einrollen und alles hübsch beisammen stellen, erzählt mir Gabriel, wieso welche Platte gut ist, was für tolle Konzerte er schon in Frankfurt erlebt hat und was der Sänger generell an seinem Gesang leicht verbessern könnte. Einige Menschen sitzen um uns herum, Judith hält einem beeindruckten Darmstädter Monologe über die grauenhaften Nachteile ihrer Massenuniversität. Dieser Mensch wird sich bestimmt nicht davon abhalten lassen, jetzt erst recht einen Studienortwechsel zu planen. Aufregende Protestdemonstrationen warten auf ihn.

«Und was machst du so?» Wir lachen uns schlapp und lassen zapfen. Mir fallen Kontaktgespräche, die gründlich uninteressiert sind, so auf die Nerven. Es deprimiert mich, über Seminare und Uni-Themen länger als fünf bis zehn Minuten zu reden. Es ist so anstrengend, mit Leuten, die anders sind, zufällige Gespräche über zufällige Themen zu führen. Der Sänger dagegen unterhält sich mit zwei Darmstädtern unendlich gedehnt über Musik. Als gäbe es kein Morgen. Endlich wird es Zeit, die Schlafgelegenheiten aufzusuchen. Die Tresenfrau hat die letzten Biere rausgegeben und reicht dem Sänger die Schlüssel für die Musikerzimmer, die sich im zweiten Stock über der Kneipe befinden. Wir nehmen unsere Taschen und Tüten und folgen ihm. Judith und ich nehmen uns zusammen das Zimmer mit dem angegliederten Duschraum. Die Jungs schlurfen auf ein gemeinsames, kleines Dreibettzimmer. Es gibt keine Schlafplatzprobleme, da Sebastian zu seiner Carola gegangen ist. Niemand muß sich notgedrungen mit uns zusammenkuscheln. Wir ziehen uns schweigend aus. Judith duscht sich den Zigarettenrauch aus den Haaren. Ich höre die Geräusche von Musikclips, die Jungs haben wohl ihren Zimmerfernseher angeschaltet. Ich krieche unter die Bettdecke, stecke mir einen Finger in die Möse und schlafe ein. Kurz erwache ich, höre daß der Sänger ins Zimmer kommt und fragt, ob ihm jemand eine Zahnbürste leihen kann. Was für ein Rocker.

Wir nehmen unser Frühstück in einer Darmstädter Bäckerei ein und kommen mit dem mickrigen Spesenbudget vom «Elidil» gerade so hin. Der Sänger spendiert jedem ein Glas frischgepreßten Orangensaft. Man kriegt nach so einer Tour schnell mal eine Erkältung, sagt er, und das muß ja schließlich nicht sein. Jetzt haben wir Freizeitaufenthalt im schönen Darmstadt, müssen erst am späten Nachmittag nach Frankurt am Main fahren, in die Stadt der Verlage, Fußangeln und Literaturnoten. Der Sänger will wieder mit mir spazierengehen. Oui-oui, mon ami, allez ops. Judith motiviert André und Gabriel mit leichter Hand, sie zum Shopping zu begleiten. Alles ist entspannt, drogenfrei, zigarettenrauchfrei und gut belüftet. Fehlt wie immer nur das Baguette unterm Arm. Der Sänger führt mich zur Mathildenhöhe, zur russischen Kapelle, zum Fünffingerturm, in die Orangerie. Er weist mich auf die umliegende Architektur hin, die Elemente dieser Bauten und Anlagen zitiert. Er ist so ein behutsamer Spaziergänger, jeder Strauch und Baum wird von seinem Blick zärtlich gestreift. Nach fast zwei Stunden Spazieren und Parkbanksitzen fragt er mich, ob ich noch etwas einkaufen möchte. «Möchtest du etwas einkaufen?» frage ich zurück. Wir kaufen Postkarten. Für meine Mutter suche ich eine von diesen Postkarten, die sie generell witzig findet. Die, auf denen ein altes Jahrhundertwende-Familienfoto oder ein 60er-Jahre-Betriebsausflugs-Schnappschuß zu sehen ist, mit einem flotten Spruch in Schreibschrift darunter gedruckt. «Es gibt viele Möglichkeiten, ein Geschäft zu betreiben. Uns ist leider keine bekannt.» – «Hinter jedem erfolgreichen Mann steht eine noch erfolgreichere Frau.» – «Ich zähle nicht die Männer in meinem Leben, sondern das Leben in meinen Männern.»

Schmunzelheimelnder Frauenkitsch.

Soll ich ihr den Megaseller unter den Postkarten schicken?

«Arthur, du fragst mich, was soll ich tun, und ich sage: Lebe wild und gefährlich.»

Das kann Arthur nur noch, wenn er sehr viel ohne Kondom vögelt. Deine Tochter ist weit davon entfernt, dies zu tun. Nix wild und gefährlich. Grüße aus dem entzückenden Darmstadt, der Stadt der Kondomprüfstelle, wie jeder weiß. Deine Ruth.

Der Sänger schreibt einem besten Freund eine Karte. Ich schreibe Verena eine Klimtpostkarte, sie wird sich schon irgendwie daran erfreuen.

«Träume von den nächsten fünfzig Gesprächen mit dir», etwas anderes fällt mir gerade nicht ein.

Ich frage den Sänger, ob er mit mir in eine Sexshow gehen will. Ich würde mir gerne eine tanzende Stripperin ansehen. Hier in Darmstadt? fragt er erstaunt. Na gut, räume ich ein, dann in Frankfurt, aber versprochen.

Wir gehen zum Bus und setzen uns hinein. Ich rechne damit, daß die anderen in der nächsten halben Stunde kommen. Der Sänger zeigt mir eine Kassette und schiebt sie dann in das Autoradio. «Weißt du», sagt er, «Tilman hat mich vor ein paar Tagen angerufen. Er will uns in Berlin treffen.»

«Seit wann redet ihr wieder miteinander?»

«Es war nie so, wie du denkst.»

«Ach. Warum auch nicht», sage ich tapfer, «ich wollte ihn sowieso sehen.»

Der Sänger nimmt meine Hand und sagt, ich hätte so schöne Haut. Mach da doch ein Lied drüber, du Dämlack, denke ich. Ihm ist nichts peinlich, ein echter Rohrsänger, er hält sogar eine Abgetakelte für ein Burgfräulein, wenn er nur will und es ihn inspiriert. «Das tröstet mich aber», sage ich.

Warum habe ich das gesagt – «Das tröstet mich aber»? Total sinnlos.

«Du kaust ja immer noch deine Fingernägel, meine Holde», sagt er. So abgenutzte Kau-deine-Fingernägel-nicht-Weisheiten wie «Laß noch was für morgen übrig» sind seine Sache nicht. Ich schiebe ihm meine Finger in den Mund, er saugt ein bißchen daran und sagt «süß». Diabetiker haben süße Fingernägel, der Zucker ist sogar im Fingerhorn vorhanden. Da ich keine Zukkerkranke bin, wird er es mal wieder als Metapher gemeint haben. Ich überlege, ob ich ihm einen Kuß auf die Wange geben soll, doch da ist ein Pickel, der gar nicht geküßt werden will. Früher hatte der Sänger ganz schlimme Akne, doch seitdem er gelegentlich unter die Höhensonne geht und seinen Schokoladenkonsum etwas eingeschränkt hat, ist es viel besser geworden. Oder er ist bis auf einen einzigen Pickel schrecklich erwachsen geworden. Ich sehe die anderen auf den Bus zukommen und nehme meine Finger aus seinem Mund, wische sie an seiner Jacke ab. Judith kommt als erste angerannt und sagt hallo. Hallo. Mich stören die anderen nicht, besser so. Jetzt kann ich mir Magenschmerzen anwachsen lassen über das, was er über Tilman und von wegen «es ist nicht so, wie du denkst» gesagt hat. Judith hat beim Secondhand zugeschlagen und führt die Sachen im Bus auf der Fahrt zu Sebastian und Carola vor. Sie ist uns manchmal einfach fremd. Wenn Klamotten überhand nehmen zum Beispiel. Carola-Maus verspricht uns allen, heute abend nach Frankfurt zu kommen und wieder den T-Shirt-Stand zu machen. Dennoch verabschiedet sie sich von Sebastian, als würde er mit bleihaltiger Nahrung zum Nordpol aufbrechen. Was ist an diesem Mann nur dran? Ich werde das mal mit Judith besprechen. Das unter Frauen verbreitete «Ich-sehe-was-was-du-nicht-siehst»-Spiel. Sebastian hat Neuigkeiten.

«Ich kenne einen tollen DJ in Frankfurt, der nach unserem Auftritt auflegen wird. Hab schon mit ihm gesprochen. Gerald heißt er.»

Auf der Fahrt nach Frankfurt wird über DJs gesprochen. Judith redet mit. Sie wohnt in ihrer WG mit einem esoterischen Ying-und-Yang-DJ zusammen und hat so Zugriff auf die neuesten Weltraumplatten. Immer, wenn sie etwas sagt, tritt eine kurze Stille ein, dann reden die Jungs ihren Kram weiter. Ob Judith das merkt? Heute morgen beim Aufwachen hat sie gesagt, daß ihr die Tour viel Spaß macht, mal aus allem raus. Ich habe eher das Gefühl von «mal in allem drin». Vielleicht sollte ich in Frankfurt den Zug nehmen und zurückfahren. Bin ich denn Maso, wenn ich in Berlin vor Tilmans Augen herumzappele? Ob ich das überhaupt kann, ist die Frage. Verena hat gesagt, ich wüßte ganz genau, warum ich es mache. Verena weiß immer alles ganz genau. Ich bewundere sie. Bewunderung für eine Frau. Ich will wenigstens mit dem Sänger eine Stripshow sehen. Mit Tilman bin ich mal in einer Sexshow gewesen. Eines Abends habe ich ihn zu einem Konzert von sogenannten Freunden von ihm begleitet, eine Band, die sozialistische Kinderlieder unter selbstironischen Anführungszeichen («wir wissen, es ist Trash, wir amüsieren uns alle ganz prächtig») zum besten gab. In der Pause bin ich ausgeflippt und habe Tilman vorgeworfen, er würde immer nur so langweiligen, idiotischen Kram mit mir machen. Diese erbärmliche megacoole Selbstbeweihräucherungs-Veranstaltung war eine Zumutung. An dem Abend habe ich Tilman im Foyer eine Szene gemacht, ihn dadurch von wichtigen Musiker-Gesprächen abgehalten und bin dann weggegangen. Er lief mir hinterher und war wütend. Ich sagte, er solle wenigstens mal was Interessantes mit mir machen, zum Beispiel in ein Pornokino gehen. Na gut, sagte er, nahm mich an der Hand, ging mit mir zum Taxi und ließ uns bis zum Steindamm fahren. Am Non-stop-Kino angekommen, standen wir ein bißchen doof davor und wollten doch nicht rein. Tilman sagte, er wüßte etwas anderes. Wir gingen in einen Stripperladen, da gab es Tabledance und Solokabinen. Für einen Zwanziger bekamen wir eine zweiminütige Exklusivnummer geboten. Eine rothaarige Polin oder Tschechin, was weiß ich denn, ging mit uns in einen dunklen Raum. Auf einem kleinen Podest stand ein Stuhl, neben dem Stuhl eine Stehlampe. Wir setzten uns auf das Sofa gegenüber und hielten unsere pärchenhaften Hände. Die Frau stellte einen Kassettenrecorder an, «Purple Rain» hörten wir. Die Frau stellte sich auf das Podest und strippte unmotiviert. Sie wackelte mit ihrem Arsch, knetete ihre Titten, daß dabei der BH abfiel, streifte sich ihre Handschuhe durch die Beine. Es war der reinste Horror. Zum Abschluß setzte sie sich auf den Stuhl, spreizte die Beine und löste an der Seite ihren Slip. Irgendwie fiel der rote Polyesterfetzen zu Boden, und sie hob die Beine zu einer Grätsche. Bauchmuskeltraining, dachte ich damals als erstes. «Ihr habt jetzt ein paar Sekunden, um in meine Fotze zu gucken», sagte sie. Wir starrten immerzu in ihr Gesicht. Das war wohl nicht richtig. Die Sekunden wollten nicht vergehen. Als wir nach draußen traten, war ich ordentlich verschwitzt. Tilman nahm mich mit zu sich nach Hause, und ich dachte, daß ich immer mit diesem Mann zusammensein will.

In Frankfurt die gleiche Prozedur: Rein in die «Maritim-Bar», «Baff, baff», zwei Stunden lang Soundcheck mit dem Mixertypen, der die PA hat. Was immer das bedeutet. Das bedeutet, daß der Mixer dem Gabriel sagt «Gib mir mal die Base». Gibt er ihm die Base. Sagt dann der Mixer «Machst du jetzt mal die Snare bitte».

Macht er.

«So, jetzt mal Hi-Hat.» – «Machst du jetzt mal die Toms.» – «Machst du noch mal die Stand-Tom alleine?» – «Machst du jetzt mal alles zusammen?»

Und das war nur das Schlagzeug. Dann nudelt der PA-Typ den Gitarristen, den Bassisten und den Vocals-Gitarristen durch.

Wenn ein Stecker brummt, hat André gesagt, wird's kompliziert.

Der DJ kommt früh und will baden. Es gibt eine Musikerwohnung über der Bar. Ich gehe ihm mit Judith hinterher. Dieser DJ Gerald macht sich in der Wohnung einen Joint und läßt das Badewasser ein. Judi und ich gehen in ein Zimmer und beziehen unsere Betten. Ich kann Judith gerade davon abhalten, die Betten der Jungs zu beziehen. Ich muß mit ihr reden.

«Tilman will in Berlin zum Konzert kommen. Ich weiß nicht, ob ich dann tanzen kann. Was soll ich anziehen?»

Judith fragt, ob der Sänger eine Freundin hat. Wieso jetzt der Sänger? Hat er wohl nicht. Keine Freundin da.

«Zu spießig für eine Hure und zu geizig für eine Freundin», ist ihr Kommentar. «Das hat mal ein Holländer gesagt.»

«Ein Holländer?»

«Ein holländischer Schriftsteller.»

«Zu spießig für eine Hure und zu geizig für eine Freundin», wiederhole ich diesen fabelhaften Satz, «das trifft auf einige zu, die wir kennen. Da kannst du ein Buch drüber schreiben, Judith.»

«Wen würde das wohl interessieren? Wußtest du, daß in Frankfurt Einzugsermächtigung Lastschrifteinzug heißt?»

«Wußte ich nicht. Ist ja aber eine Bankerstadt, oder.»

Ich kann mit ihr nicht über Tilman reden, packe meinen Koffer aus, lege meinen Pyjama auf das Bett, ziehe den alten Reisewecker meiner Mutter auf.

«Du hast einen mechanischen Wecker», wundert sich Judith, «ist besser als digital, was?»

Das kenne ich eigentlich von wo bloß?

«Wenn ein Stecker brummt, wird's kompliziert.»

Bei dem Konzert ziehen wir die coole Nummer ab: Wir sitzen auf dem Rand der kaum erhöhten Bühne und stehen nur gelegentlich mal auf, um vor der Bühne etwas herumzuwippen. Bei Liedern, die ich nicht mag, bleibe ich heute sitzen. Die Jungs haben viel mehr Fahrt drauf als gestern, besonders bei «Meine Mutter hat mich geküßt, wie soll ich das meiner Freundin erklären?» Wir tanzen, als wäre irgendwo ein Tor gefallen. Ein großer dünner Typ berauscht sich vor der Bühne, genau vor der Bühne, an sich selbst, tanzt unangemessen ekstatisch und läuft wie ein gehetztes Tier auf und ab. Er nimmt uns den Job ab, ein paar Leute rufen ihm zu: «Birnbaum!»

Der Sänger und Seb haben sich darauf geeinigt, heute ein relativ neues Stück zu spielen, auch wenn es musikalisch noch nicht ganz sitzt.

Der Kulturmanager
Es ist für einen Kulturmanager nicht leicht,
schwach zu sein.
Trockne meine Tränen, Sponsorlein,
meine Krawatte sitzt nicht automatisch fein.
Du Schwein, bist so allein.
Beim Bier. Um vier.

*Seine Praktikantin ist ehrgeiziger als er
und schminkt sich die Lippen mit Karriererot.
Der Jahreswagen hat einen
Werbezug, Werbezug, Werbezug.
Wenn er traurig ist, ist es aber so:
Es ist für einen Kulturmanager nicht leicht,
schwach zu sein.*

*Zu viele Konten gegenzeichnen,
zu oft ins Knie gefickt.
Mercedes Benz und Rigoletto –
Co-Sponsor ist Cornetto.
Es ist nicht leicht, leicht, leicht,
schwach zu sein.
O yeah.*

Meine Meinung ist: Musik und Text müssen ein perfektes Paar abgeben! Text und Musik müssen so lange suchen, bis sie sich gefunden haben! Forever in love! So müssen sie sein. Ich kenne leider keine Musiker, persönlich meine ich, die so lange suchen, bis sie das Paar haben. Manchmal gibt es diese Paare im Radio zu hören. Staying alive. Man schüttelt sich und bleibt am Leben.

DJ Gerald kommt zwei Minuten vor Konzertende gebadet und gestriegelt, mit einem kleinen Damenjoint in der Hand, auf die Bühne und macht sich am DJ-Pult zu schaffen. Ungefähr zwanzig Leute hören gerade mal zehn Takte seiner ersten aufgelegten Reggae-Platte an und verschwinden dann. Die Party ist zu Ende, bevor die Platte abgespielt ist. Er packt wieder ein und versucht, seine Genervtheit durch einen schnellen Abgang zu verdrängen. Wir anderen beschließen, zusammen auszugehen. Auch Carola und Sebastian kommen mit, und DJ Gerald haut definitiv ab. Carola hat gestern und heute honorarfrei drei Hirn-T-Shirts und neun Singles verkauft. Ziemlich viel, finden wir.

Ich beobachte Carola und stellte mir vor, daß sie den Abend nicht genießen kann. Wir alle trinken Apfelwein in einer Apfelweinkneipe und machen große Augen wegen der hessischen Exotik. Ich stelle mir vor, daß Carola den Abend nicht genießen kann, weil sie Angst davor hat, sich von Seb morgen wieder trennen zu müssen. Ob die sich oft sehen, eine alte Beziehung, eine Sex-auf-der-Durchreise-Geschichte? Meine Phantasien über Carola und Seb erregen mich: Er ist ein gnadenloser Fikker und sie ein kleines verliebtes Ding, das nicht merkt, wie sehr es sie im Vorübergehen erwischt. Gleich nach der Apfelweinkneipe wird es so sein. Und die Freundin zu Hause ahnt nicht die Bohne. Und wir anderen werden keusch ins Bett gehen, weil diese Art Erfahrung schon hinter uns liegt oder gegebenenfalls in weiter Zukunft wartet. Aber ich gehe heute noch in eine Sexshow, oder in so eine Sex-Video-Nonstop-Sache. Und wer geht mit mir? Ein ganz reizender Mensch, wie abgemacht. Aber die anderen müssen es nicht so genau wissen. Die Unterhaltung zwischen André und Gabriel wird mir unheimlich. Die denken ja weit voraus.

«In 100 bis 200 Jahren wird es eine Überseebrücke von Europa nach Amerika geben. Mindestens 80 Meter hoch, mit Schienen und vierspuriger Autobahn. Walfamilien und Plattformen müssen drunter durchschwimmen können, Tankstellen, Supermärkte und Hotels wird's auf der Brücke geben. Das letzte Abenteuer der Menschheit – Brücken über die Kontinente. Das wird kommen. Wir werden das nicht mehr erleben.»

«Gut so, mir steckt die Friedensbewegung noch in den Knochen.»

«Nach Amerika wird's bestimmt eine Brücke geben, aber Afrika? Das wird Europa nicht mitmachen. Zuviel Angst, daß dann die Affen kommen.» Später sprechen sie über den großen Jules Verne.

Der Sänger sagt denen, die nicht mehr über die Brücke gehen werden, und denen, die turteln, daß wir noch etwas spazierengehen. Das ist glaubwürdig. Wir laufen im Bahnhofsviertel herum, stets unserem Versprechen auf der Spur, in eine Stripshow zu gehen. Auf einer Hauswand fällt ein Graffiti ins Auge: «Orgasmus ist Faschismus». Das stelle sich einer 1933 vor. Ist schon grell hier in Frankfurt a. M. Wir wissen nicht, ob wir das Versprechen finden. Der Sänger sucht nicht richtig, und ich habe ja keine Ahnung. Wäre auch komisch, wenn ich hier die treibende Kraft wäre. Wir gehen in die Kneipe «Racker Rübezahl», die durch schwarz abgeklebte Fensterscheiben und einem roten Herzen auf der Eingangstür schon mal eine bestimmte Sprache spricht. Was für eine schmuddelige Kneipe. Auf einem Bord hinter der Bar steht ein großer Fernseher. Man sieht auf dem Bildschirm, wie es einer Frau von zwei öligen Typen besorgt wird, sandwichmäßig. Nach dem Lord von Sandwich angeblich. Der Ton ist leise gestellt. Uh uuuuh, uh, uhu, u, u, u, u, u, u. Wir trinken ein unhygienisch gezapftes Bier. Er will über Literatur sprechen, über Theater gar. Er sagt, auf seiner anthroposophischen Schule wollten alle Mädchen, zumindest fünfzig Prozent der Mädchen, Schauspielerin werden. Bei den Theaterprojekten gab es dann immer viel Gezanke um die Hauptrollenbesetzung. Und die Jungs dagegen wollten am liebsten gar nicht Theater spielen, damit sie auch keinen Text lernen müssen. Wie denn die Konkurrenz auszuhalten sei, fragt er mich. Weil ich doch mal Ambitionen am Theater hatte. Kann mich nicht mehr an Ambitionen erinnern. Der größte Beruf ist der unerfüllte Beruf, aber der gelebte Beruf ist der ...? Muß Verena fragen. Der Sänger ist immer so inhaltlich, was er zugibt und sich zugute hält. «Große Popstars hassen es ja, auf Tour zu gehen», sage ich.

«Kleine Popstars hassen es manchmal auch», sagt er.

Er will nicht darüber reden. In seiner Hühnerbrust schlägt ein Herz voll verklemmter Träumerei. Er fragt sich nachts: Darf ich mir wünschen, ein großer Popstar zu sein, oder ist das albern? Korrumpiert? Kommerziell?

Darf er sich denn wünschen, später einmal an diese billigen Tage zurückzudenken und milde zu lächeln und gleich danach Champagner aus roten italienischen Pumps von irgendwelchen Konzertnutten zu trinken und mit Geldscheinen seine Unterhose zu polstern und zu denken, ja, damals in diesem französischen Film – ne, in diesem französisch-deutschen Film –, wollte Ruth mich nicht? Und dann denkt er: Jetzt bin ich ein Star, und alles ist gut geworden.

Er will echt nicht darüber reden und tut so, als gäbe es dieses doppelfickende Video nicht, niemals im Leben sozusagen.

«Das ist eine eklige Kneipe», sagt er beim Rausgehen.
Es waren mal zwei Ameisen, die wollten nach Australien reisen.
Doch in Wandsbek, auf der Chaussee
da taten ihnen die Füße weh.

*Da verzichteten sie weise
auf den restlichen Teil der Reise.
Ist nicht von mir, Ringelnatz, glaube ich.
Never mind first lyric.*

Auf der Autobahn Richtung Berlin ist mir schlecht. Ich will ihn sehen, ich will ihn nicht sehen. Verenas Gesicht in allen Autobahn-und-Landstraßen-Kühen: Dann weißt du ja, warum du es machst. Ist es Sex? Machen diese Männer Musik und Tour und Stunden am Instrument wegen Sex? Wenn ja, mache ich was ich mache wegen Sex? Hoffe ich auf Sex, und wenn ja, mit wem? Das ist ein Unterschied: die unerfüllte Liebe, die die größte ist, und die gelebte Liebe, die das größte Glück ist. Karussell.

Nach vier Stunden Autobahn kehren wir in einer abgelegenen Raststätte ein. Auch wenn es vielleicht gemein ist, lassen wir Gabriel schlafend im Bus. Judith und ich gehen in die Toilettenräume. Ich sitze also auf dem Klo und lese einen Spruch an der Klotür: «Dieser Typ hat immer Lust. Tel: Schon vergeben, Mädels».

Dauert lange, bis ich das begreife. Erstaunlich. Damit also kann eine Autobahnfahrerin mit Schmierstift angeben und verzichtet auch gleich auf jegliche Sensibilität. Schließlich das Händewaschen. Der Blick in die unbarmherzigen Spiegel zerreißt mir den Glauben. Ich erinnere mich an nichts und schon gar nicht an mich. Die verhaßten Heißlufthändetrockner, mit denen sich ein verklemmter Ingenieur ein exzentrisches Denkmal geschaffen hat, verstärken die unsicheren Gefühle. Sich minutenlang die Hände zu reiben, als wäre man unheimlich scharf auf seine eigenen Hände, ist erniedrigend, weil trostlos. Judith kann das aber. Wie ich sehe, haben sich die Musiker am traurigen Salatbuffet bedient. Seb und der Sänger essen sogar Bratwürste mit Senf und mampfen nebeneinander sitzend wie glückliche Brüder. Ich esse ein Negerkußbrötchen und einen klebrigen Mohnkuchen, spüle mit wohlschmeckender Milchkaffeebrühe hinterher. Der Sänger erzählt, daß uns morgen ein ganz wichtiger Musikjournalist die Ehre erweisen wird. Morgen das Konzert. Morgen ein Auftritt im Radio, Sender «Bussi-Berlin». Heute nur dösen und Autobahn fahren. Immer näher an das Zentrum fahren, an ihn heran, meinen Jungfrauentraum. Der Sänger sagt, der Musikjournalist wundere sich über die Gogo-Girls, weil das so untypisch für eine Band wie Hirn sei. Es wäre ein wichtiger Auftritt. Er kauft am Kiosk ein Berliner Stadtmagazin, das ich auf der Weiterfahrt lese. Im Terminteil der Zeitschrift sind wir unkommentiert angekündigt. Blättere durch die Fotoseiten, lese Karikaturen und vertiefe mich in die Berichte über Kunstausstellungen. Wir fahren durch die Ex-Zone, die Jungs sind nicht mehr müde. Seb imitiert Erich Honecker: «Die Mauer steht noch hundert Jahr.» Imitiert Grenzsoldaten: «Gänsefleisch, bitte den Kofferraum aufmachen.» Imitiert Harald Juhnke: «Ich bin wieder voll da.» Kurz vor Berlin erreicht die Albernheit ihren Höhepunkt: Alle singen zusammen «Eine Insel mit zwei Bergen», Gabriel plädiert für die gute alte Sesamstraße-Melodie, es bleibt bei der Insel, gefolgt von der Titelmelodie von «Magnum», Judith outet sich als verliebter Tom-Selleck-Fan, wird als Schwulenmutti tituliert. Lange keine Kühe mehr gesehen, Bären werben auf Autobahnplakaten. Viele Bäume sind voll mit Misteln, die machen die Bäume kaputt, sobald sich dreißig Mistelbüschel auf einem Baum festgemacht haben. Okay, die Bäume haben mein Mitgefühl. Aber ich werde wieder zurückgehen in die Stadt, in der

Misteln in den Bäumen weggeschnitten werden. Da, wo ich her bin. Da wo ich herbe bin, ha.

Wir teilen uns in diesem Berlin auf. Wir teilen uns auf, ich könnte so heulen, da könnte man den Suezkanal vollknallen mit. Ich heiße Lethargie, habe zwei Beine, und wenn das jetzt alles sein soll, ich weiß, ich werde sterben. Nehme doch jemand meine Hand. Es ist ganz leicht. Bevor ich weine. Der Sänger fährt mich und Judith zu Judiths Bruder Dietmar. Und Sebastian hat natürlich eine Braut in Berlin, welch eine Überraschung, dort schlafen auch die Jungs. Die Frau freut sich schon.

Muß ein Wahnsinniger im Bett sein, denke ich. Vielleicht verpasse ich etwas. Dieser Gedanke: Vielleicht verpasse ich etwas. All die New Yorker Intellektuellenzeitschriften hätten dreißig Humoristen zur Hand, die eine Sondernummer zu dem Thema «Vielleicht verpasse ich etwas» gestalten könnten würden. Ganz intelligent vermutlich, ganz sophisticated. Ich bin nicht doof. Ich bin wirklich nicht doof, ich bin belesen, ich bin auch nicht soo hübsch. Aber ich habe so viele Frauengefühle. Weil ich nun mal kein Mann bin.

Judiths Bruder Dietmar lebt schon lange in Berlin, schreibt seine Doktorarbeit in Kunstgeschichte zu einem modernen Thema. Judith ist seine kleine, sieben Jahre jüngere Schwester. «Lange nicht gesehen», sagen wir uns in kurzer Umarmung. Rührende Wiedersehensfreude bei den Geschwistern. Ich habe Dietmar vor einigen Jahren bei Judiths Geburtstag kennengelernt, damals haben wir ein paar Worte gewechselt. «Natürlich erkenne ich dich wieder», sagt Dietmar.

Wir bekommen sein Schlafzimmer, er wird das Sofa nehmen, auf dem wir gerade sitzen und Tee trinken. Nach einer Stunde freundlichem Geplauder ziehe ich mich ins Badewasser zurück. Dietmar ist schwul, und dies hat den unmittelbaren Vorteil für mich, aus einer exquisiten Badezusatzsammlung wählen zu können. Ein rosarotes Öl mit betörendem, schwerem Geruch färbt das Wasser. Aus Müdigkeit wickele ich mich nach einem schnellen Vollbad nur ins Handtuch, sage dem Geschwisterpaar, daß ich eine Stunde zu schlafen gedenke und daß wir danach essen gehen sollten. Bruder und Schwester nikken und stopfen sich mit Likörpralinen voll. Ich mag keine Likörpralinen, lege mich nackt ins Bett und bin bald halbschlafend. Der neue Parfumgeruch an meinem Körper, das fremde Bett und die andere Stadt, in der mein alter Freund ist. Muß mich entscheiden, wovon ich träumen will, will etwas Schönes träumen. Erinnere mich an ein Gespräch mit Tilman, er sagte, daß Sexshops zur Proletenkultur gehören würden und eben dieser Aspekt bei der Pornographiedebatte völlig vernachlässigt worden sei. Intellektuelle seien viel spießiger als Proleten, hätten ein anderes Schamgefühl tradiert bekommen, und Pornographiekritik sei immer auch Kritik an der rauhen Volkskultur. Das war so ungefähr die letzte Theorie, die ich noch von ihm mitbekommen habe, bevor er nach Berlin zog.

Aspekte des Klassenkampfes
Die Nebenschauplätze des vielleicht vergessenen, aber existenten Klassenkampfes: Pornographie in Wort und Bild. Wer mag was? Intellektuelle Männer und Frauen haben eine natürliche Distanz zu Pornovideos und Pornozeitschriften. Diese Medien werden dagegen von der arbeitenden Bevölkerungsgruppe ohne Steuer-Subventionsmodell vergleichsweise wenig hinterfragt. Das Sein bestimmt das Wie-geil-Sein. Pornographiekritik trifft nicht den akademierten Masturbierenden, da er dieser Praktik nicht

über besagte Medien nachgeht. In dieser Güteklasse wird Nabokovs Lolita benützt und hochgeile Erinnerungen an die verlorene Kindheit in Westfalen oder Ostpreußen.

Judith weckt mich zärtlich, zwei Stunden haben sie mich schlafen lassen. Was war das für ein Traum. Ich ziehe mich an, und Dietmar frisiert mich, er steckt mir die Haare zu einem strengen Knoten zusammen. So sieht man also aus, wenn man eine Spinatwachtel ist. Seine Hände fahren durch meine Haare. Sie fahren und fahren, er hat lavendelblaue Augen und lavendelblaue Hüttenschuhe, und sein Name ist in lavendelblauen Buchstaben in die Wolken gemalt. Wie immer: total verstrickt nach dem Schlafen.

Kennt das einer?

Dietmar sagt, das sollte ich öfter machen. Wie bitte, was?

«Du solltest deine Haare öfter hochstecken. Ein strenger Knoten kann Leidenschaften entfachen, weißt du.»

Wie denn? Bei wem denn bittebittebitte.

Der schwule Dietmar hat doch tatsächlich ein viertüriges Auto. Damit fahren wir zu einem thailändischen Restaurant im Osten. Während der Fahrt weist er uns auf Großbaustellen und Großprojekte hin, schwärmt und mäkelt, zieht über alle anderen Städte her. Frankfurt, München, Hamburg, die würden das alles hier gar nicht mitkriegen. Bei der Parkplatzsuche wird er ruhig. Er fragt, ob Interesse besteht, nach dem Essen die Gansloh-Vernissage in Augenschein zu nehmen. Ja, besteht. Dietmar kreischt auf, während er uns Gansloh beschreibt, ist angewidert-begeistert. Als hätte jemand auf den Tucken-Knopf gedrückt. Und der geht so:

«Gansloh wurde über den Tellerrand bekannt mit seiner Arbeit ‹Lektion Gastarbeiter›. Er engagierte damals Polen und Jugoslawen und ließ sie zu Tariflohn auf einem riesiggroßen Löschpapier, Teppichbodengröße, stumpfsinnige, schweißtreibende Arbeiten verrichten. Alle waren nackt. Gerüchte wollen nicht verstummen, es sei da auch nachts im Adamskostüm zu Tätigkeiten persönlicher Art gekommen, mit und an ihm, wohl ähnlich stumpfsinnig. Er hätte aber auf einem Handtuch gelegen, klar, damit sein Schweiß nicht aufs Löschpapier tropft. Dieses Löschpapier namens ‹Lektion Gastarbeiter› – zu dem übrigens die Arbeitsverträge gehören – kaufte ein reicher amerikanischer Geschäftsmann polnischer Abstammung.»

In meinem Magen schwimmt ein großer, aber zerkleinerter Fisch in Sake, in den Geschwistermägen wird es nicht anders aussehen. Dietmar hat uns während des Essens über sein Liebesleben informiert, er sagte, er sei ein Platonischer, er wartet zur Zeit auf die große Liebe. Er sagte, es gibt Männer, die allmählich wirken. Deren Fehler hinterlassen zunächst den stärksten Eindruck. Nach einigen Tagen jedoch, berichtete er, auf zwanzig Meter Entfernung ungefähr, interessiert so ein Mann trotz der Halbglatze und seinen komischen Schuhen. Es würde zu den Erotisierungen des Alltags gehören, diesen Mann zu erwarten, plötzlich, zufällig und doch genau in dem Moment, der ewig auf sich warten läßt. Und so steigert sich die Wirkung des fremden Mannes allmählich. Sollte es ein paar Tage zu lange dauern, wird diese Wirkung vertan sein. Das Leben zwischen diesen Spannungen sei das Leben eines Platonischen. Eines muß ich mal deutlich sagen: Judith ist so ganz anders als ihr Bruder, nicht so verspielt.

Wir sind auf dem Weg zur Galerie «Silverdollar», zum Gansloheschen Werk. Auf der Straße steht ein Teil der Sektparty, kein Mensch schaut uns beim Hineingehen an. Abgebrühtes Volk, die Berliner. Dietmar rennt geradewegs auf eine ältere Dame zu, die ihn herzlich begrüßt. Ich schaue mir Julius-Gansloh-Bilder an, es hängen auch zwei bizarre Arbeiten mit Wachs auf Löschpapier. Einige rote Punkte sind unter die Rahmen geklebt, das signalisiert auf vulgäre Weise «verkauft». Punkteaufkleben wäre wohl auch so eine typische Galerietätigkeit, aber nicht für mich. Auf grauen Sockeln stehen rechteckige Glasbehälter, wie Aquarien, in denen mit Wickelpapier umwickelte Steine und nicht umwickelte Steine angeordnet sind. In der Malschule meiner Mutter gab es wenigstens ein Buffet. Hier stehen nur leere Weinflaschen und eine volle Flasche Whiskey auf einem Tisch. Vor der Flasche steht eine aufgedonnerte Sexbombe mit angeklebten Wimpern, die ihre langen glutroten Fingernägel in der Luft zirkulieren läßt und einen jungen Wilden unterhält. Ach herrje, ich glaube, das wird hier nichts mit mir. «Komm mal schnell», Judith nimmt mich mit nach draußen. Vor der Tür steht ein affektierter Mann, der mir mit dem Namen «Axel Müller» vorgestellt wird. «Wir sind zusammen zur Schule gegangen», klärt mich Judith über ihre Bekanntschaft auf. «Axel war zwei Stufen über mir.»

«Was habt ihr noch vor?» fragt mich Axel Müller mit rollenden Augen. «Ich bin müde», sage ich, um etwas Flaches zu sagen. Axel läßt uns wissen, daß das kein Problem sei, er hätte noch etwas Koks dabei. Judith ist ganz aufgedreht und gluckst dumm. Ich entschuldige mich bei den beiden mit der Bemerkung, dafür sei ich zu spießig. Ob Tilman da nicht einiges in seiner Porno-Proleten-Theorie vergessen hat?

Aspekte des Klassenkampfes / 2
Pornographiekritik ist Kritik der Elite an einer herben, rauhen Volkskultur, Klassenkampf also. Eine ähnliche Dynamik existiert auch von unten nach oben zu einem anderen Thema. Drogen wie Koks und Ecstasy werden von den kleinen Leuten verteufelt, weil die Drogenkonsumenten verhaßte Klassenfeinde sind: Volkes Stimme treibt den Yuppie in den illegalen Konsum.

Ich gehe zu dem Tisch mit der Whiskeyflasche und lasse mich diesmal nicht von der mit den Wimpern und dem jungen Wilden abschrecken. Ich trinke den Whiskey vor einer Fotografie stehend und wäre jetzt gerne ein Cowboy wie Henry Fonda, bitter, erbarmungslos und messerscharf. Wäre ich ein Cowboy wie John Wayne, hätte ich wohl Chancen bei Dietmar, dann wäre Schluß mit seiner platonischen Phase. Ich habe mindestens so einen fetten Arsch wie Wayne in der Schlußeinstellung von «The Searchers». Auch ohne hochhackige Cowboystiefel. Ein Wahnsinnsfilm. Ich sehne mich nach Privatheit und Fernsehen. Axel Müller tickt mir auf die Schulter, daß mir einer auf die Schulter tickt, habe ich lange nicht mehr erlebt. Eine ganz armselige Kontaktaufnahme ist das, so mit dem Finger zu tikken. Er sagt, es täte ihm leid, wenn er mich verschreckt haben sollte. Er würde bei Vernissagen immer etwas Koks dabeihaben, aber dieses Zeugs niemals selber nehmen. Es gäbe hier in der Kunstszene viele für ihn wichtige Leute, die mit ihm nur reden würden, wenn er kleine Geschenke dabei hat. Ob das glaubhaft ist, will ich nicht entscheiden müssen.

«Bist du Dealer?» frage ich ihn. Er sagt, die normale Bezeichnung für das, was er mache, sei Galerist und Künstler.

«Und du bist Go-go-Girl», sagt er.

«Genauso sehr wie Judith», sage ich. Er möchte sich mit mir unterhalten, aber es wird nicht mehr als «sagt er-sage ich» daraus werden.

Dietmar und Judith unterhalten sich mit einigen Leuten, die ein Blindekuh-Spiel planen und auf Ganslohs Einwilligung hoffen. Dietmar sagt, das wäre zur Zeit das angesagte Gesellschaftsspielchen überhaupt in gewissen Kreisen. Axel kennt derlei Mätzchen wohl schon und schlägt mir einen kleinen Spaziergang vor. Ich sage Judith, daß ich in einer halben Stunde zurück bin. Axel und ich machen einen Schaufensterbummel, window-shopping klingt auch gut, und belustigen uns ganz allgemein über die typisch doofen Berlin-Namen: Friseursalon «Kaiserschnitt», Weinhandlung «Suff». Axel erklärt mir, warum er so einen unsympathischen Vornamen abbekommen hat im Leben. «Wegen Axel Cäsar Springer. Weil der mit seinen Zeitungen Deutschland aufgebaut haben soll.» Er lacht ganz glucksig und schaut, ob ich ihm das glaube. Tja. Axel kann witzig sein. Hoffe ich jedenfalls. Wir gehen einen Weg parallel zu Bahngleisen. Axel Müller bleibt stehen und streicht mit seinen Händen über einen Eisenzaun. Er schnuppert daran und reicht mir seine feuchte Hand. «Riech mal», sagt er. Bevor ich das hätte tun oder ablehnen können, küßt er mich kurz. «Darf ich dich noch mal küssen», fragt er sofort. Wir knutschen, es ist erstaunlich schön. Unsere Münder scheinen gut zusammenzupassen. Schönes Küssen hat viel mit passenden Mündern und wenig mit Verliebtheit zu tun. Küssen ist wie essen, eine Mischung aus Eiscreme und Sonntagsbraten. Axel fängt an, meinen Busen zu kneten, das mag ich. Es ist hinreißend. Ich stehe ganz eng an ihm, er drückt sich an mich. Seine Zunge ist in meinem Ohr, ob ich ihn anfasse. Jetzt müßte ich mich entscheiden können. Ein strenger Knoten kann Leidenschaften entfachen.

Dietmar hat uns einen zauberhaft gedeckten Tisch mit frischen Brötchen hinterlassen. Auf einem Zettelchen steht, daß er in der Bibliothek ist. Judith kocht gerade Kaffee, da ruft der Sänger an. Ob wir zum Frühstück kommen wollen und dann gemeinsam zum Radio fahren. Ja, in Ordnung, aber wo seid ihr denn? Er gibt uns Tilmans Adresse. Mein mageres Selbstbewußtsein wurde durch die Axel-Müller-Begebenheit dermaßen aufgepäppelt, daß ich relativ gelassen bin. Warum nicht, das ist doch nett, ein gemeinsames Frühstück, hallo Tilman, Küßchen, gut siehst du aus. Wir kramen unsere Auftrittsmoden zusammen, wahrscheinlich kommen wir erst heute nacht wieder in die Wohnung. Im Linienbus schweigen wir. Judith möchte wohl, das schwebt hier ganz deutlich in diesem Bus über allem, daß ich mit ihr über Axel Müller spreche, bestenfalls sie über ihn ausfrage. Sie in einer Expertenrolle bestätige. Deshalb kann ich jetzt natürlich nicht über Tilman sprechen, was mich eigentlich beschäftigt. Schön wäre es natürlich, wenn es noch ein drittes Thema gäbe, eines, das keinen Männernamen trägt. Diese Momente sind kostbar im Leben. So ein einziger Moment könnte dein Leben verändern.

Ich habe ehrlichen Hunger und frühstücke an Tilmans Tafel trotz der inneren Unruhe. Er sieht enorm gut aus, und jetzt kann ich auch seine Wohnung sehen. Sein Wohnhaus hat außen ein Graffiti, über das ich gelacht habe. Berlin begrüßt seine Gäste mit dem charmantesten Ausdruck seiner Mentalität: «Mit aller Macht und Härte gegen Oberlippenbärte».

Judith meinte, das sei schwulenfeindlich, denn ihr großer Bruder Dietmar trägt gelegentlich einen Oberlippenbart. Ich sehe in Tilmans Wohnung die bekannten Möbel und unbekannte Möbel. An der Tür hatte er Judith einen Kuß gegeben, mir die Schulter gestrichen, ich konnte nur flüchtig blicken, weil ich mich schüchtern gab. Der Sänger hat hier geschlafen, gut, daß er mir das nicht vorher gesagt hat. Ich denke, daß die gestern bestimmt einen tollen Abend hatten. Tilman setzt sich endlich zu uns an den Tisch, die Achtminuten-Eier sind fertig gekocht.

«Was habt ihr gestern eigentlich gemacht?» fragt Judith.

Der Sänger erzählt, er und Tilman hätten sich ein Konzertvideo angesehen und Whiskey getrunken und seien erst spät zu Bett gegangen. Ach ja, Whiskey. Tilman, der Mann, der mich zum Whiskey erzog, mir meine Weinschorle nicht gönnen konnte.

«Was habt ihr gemacht?» wird Judith von Tilman gefragt.

Judith erzählt von dem Restaurant, dem Bruder und der Vernissage. Sie spart die Axel-Müller-Begebenheit glücklicherweise aus, statt dessen erzählt sie die Geschichte vom Blindekuh-Spiel mit dem beschwipsten Kultursenator. Ich wußte noch gar nicht, daß Dietmar den Kultursenator geküßt hat, als er verbundene Augen hatte, und Dietmar konnte das so gut, daß der Herr Kultur den restlichen Abend nach der Dame mit dem entzückenden Küßchen Ausschau hielt.

Der Sänger sagt, daß ich und Judith in der Radiosendung von «Bussi Berlin» bestimmt kein Statement abgeben müßten, aber wir könnten uns natürlich einen Song wünschen.

Tilman und der Sänger sprechen über Songs, die unbedingt im Radio gespielt werden sollten. Sie wollten keinen Druck auf uns ausüben, jeder hätte die absolute Freiheit bei seinem Wunschtitel. Mehrere Titelvorschläge gehen hin und her, Fachzeitschriften werden konsultiert, Tilman bietet seine Plattensammlung zur Durchsicht an. Es entsteht immer mehr der Eindruck, diese Radiosendung sei die lang erwartete Chance, den Menschen da draußen die richtige Musik darzubieten.

Wenn er wüßte, mit welcher Musik ich meinen Gefühlen für ihn nachspüre. Er würde es nicht mögen.

Judith unterbricht diesen Rausch und stellt Tilman eine weltliche Frage. «Ist die Wohnung eigentlich sehr teuer?»

Tilman erzählt Judith daraufhin, wie er die Wohnung bekommen hat: Vorher hätte er hier mit einer Frau gewohnt, die den Hauptvertrag hatte, jetzt ist er Hauptmieter. Ich spüre einen Stich im Bauch. «Mit einer Frau hier gewohnt.» Das kann nicht lange gedauert haben. Mehr als ein halbes Jahr ist er jetzt hier. Was für eine Frau, kenne ich die, welche Frauen kenne ich in Berlin, was für eine Frau kennt Tilman in Berlin? Ich dachte immer, alles über ihn zu wissen, so schnell ist es Vergangenheit. Nichts ist weniger aktuell als die letzte Freundin eines Mannes. Einfach nicht auf dem laufenden. Tilman wird jetzt einige Frauen hier kennen. Nachbarinnen, Bäckereiverkäuferinnen, Handwerkerinnen, was gibt es denn noch?

Es klingelt. Die anderen Jungs sitzen unten im Bus, wollen uns abholen. Tilman hat tatsächlich Mutters Gitarre zu meinen Sachen an die Tür gestellt. Meine Güte, diese Gitarre! Muß ich die jetzt mitnehmen? Hilft nichts. Wir verabschieden uns schnell, bis heute abend. Tilman sagt, er wird die Radiosendung aufnehmen.

Sender «Bussi Berlin» liegt etwas abgelegen, wir sind relativ pünktlich da, der Moderator begrüßt uns, gibt uns kurz an die Plattentante weiter, die unsere Wunschtitel aufschreiben wird. Ich habe eine scheußliche Idee und kann es nicht dabei belassen. Ich sage ihr, ich möchte meinen Titel so lange wie möglich für die anderen geheimhalten und schreibe ihr das Stück auf ihren Block. Sie ist Profi genug und guckt nicht komisch. Judith wünscht sich einen Titel von einer amerikanischen Frauenband, der Sänger nennt einen Titel eines mit ihm persönlich befreundeten Liedermachers, Sebastian wählt so was Ähnliches, André und Gabriel schwören auf Britpop-Retro und New-Experience-Sound. Ich glaube, ich bin gerade ziemlich aggro, anders kann ich mir meine Titelwahl nicht erklären.

Radiomoderator Hier ist Sender Bussi Berlin.
Jingle Schmatz. Schmatz. Schmatz.
Radiomoderator Und wie immer um diese Uhrzeit stellen wir euch eine Band vor, die heute abend in Berlin spielen wird. Ich bin Günther Behrens, und meine Gäste sind Hirn, eine Popgruppe aus dem hohen Norden. Der Sänger dieser Band wird euch erst mal erzählen, wo und wann das Konzert stattfindet.
Sänger Ja, wir spielen heute abend ab 22 Uhr im Skunk. Ich weiß gar nicht, welcher Stadtteil das ist.
Radiomoderator Kennt sich überhaupt jemand von euch in Berlin aus?
André Das Skunk ist, glaube ich, in Kreuzberg.
Radiomoderator Wann warst du das letzte Mal in Berlin?
André Weiß nicht, ist schon eine Weile her.
Radiomoderator Aber daß die Mauer weg ist, habt ihr in eurer schönen reichen Stadt mitbekommen?

Sebastian Ach was, die Mauer ist immer noch weg?
Stimmen (hämisches Lachen)
Radiomoderator Als kleinen Appetizer für heute abend hören wir erst mal einen Song von euch.
Sänger Also, das Stück heißt «Selbstmord in Hamburg, Beerdigung in Mannheim».
Musik Wenn sie dich verlassen, kennst du ihre Namen. Leistung.
Wenn es keiner merkt, arbeitest du verzweifelt. Glamour.
Wenn vieles altert, spürst du den Plunder. Stammkneipe.
Wenn das Wörtchen wenn nicht wär. Mitleidsbonus.
Selbstmord in Hamburg, Beerdigung in Mannheim, wie konnte das geschehen.
Selbstmord in Hamburg, Beerdigung in Mannheim, wann hast du sie zuletzt gesehen. Hohe Häuser kennen keine Tränen, hoher Druck hyperventiliert.
Was hast du können müssen, wollen, du hast die Welt in deinem Bett.
Nicht jeder ist Scorsese oder plaudert wie Derrida.
Schuld hat nicht mal der Herr Papa.
Selbstmord in Hamburg, Beerdigung in Mannheim.
So häßlich das klingt, es ist eine Geschichte für alle, die das angeht.
Es ist eine harte Geschichte über
Selbstmord in Hamburg, Beerdigung in Mannheim.
Radiomoderator Ich finde, das ist ein starkes Stück. Was euch von vielen anderen Bands eurer Leistungsklasse, nenne ich das mal, unterscheidet, ist euer Live-Programm. Ihr habt Gogo-Girls dabei. Paßt das denn überhaupt zu eurer Musik?

Sänger Gogo-Girls gehören ja eigentlich zu typischen Fun-Events, also Schlager- oder Punk-Trash, Hiphop und so. Aber wir wollten nicht so vordergründig die ernsthaften deutschtextenden Gitarrenpopmusiker raushängen lassen. Außerdem macht es viel mehr Spaß, mit zwei netten Frauen zu touren.

Gabriel Wir haben in den letzten Tagen schon Konzerte gemacht, und da hat sich gezeigt, daß die Gogos fast wie die Repräsentanten des Publikums auf der Bühne sind. Wir machen ja keine Anheiz-Musik.

Radiomoderator Das verstehe ich jetzt nicht. Nach dem nächsten Titel könnt ihr das noch mal erklären. Sebastian von Hirn hat sich ein Stück von Paul Pillermann gewünscht, dem beziehungsfixierten Liedermacher. Es heißt: «Du hast eine Milchbar eröffnet». Hier ist Radio Bussi Berlin.

Jingle Schmatz. Schmatz. Schmatz.

Musik Du bist eine Frau, die ich seit Jahren nicht gesehen habe, dein T-Shirt strahlt mich an. Deine Brüste rufen, schau mal, ich seh meine Augen in deiner Sonnenbrille. Hey, Paul, was machst du so, fragst du unverfroren. Ich sage, was machst du. Deine Antwort war ein Schmerz, denn du hast eine Milchbar eröffnet. Das war ein Rückschritt. Keine harten Sachen, nur Milch und alle lebenswichtigen Vitamine. Dein Leben ist so anders, denn du hast eine Milchbar eröffnet. Wie konntest du so werden, du hattest andere Pläne. Deine Sonnenbrille weist mich ab, denn du hast eine Milchbar eröffnet. Du bist eine süße Kuh. Mumu.

Radiomoderator Ungewohnte Kost wie immer um diese Uhrzeit. Das war ein Stück von Paul Pillermann. Radio Bussi Berlin stellt euch Hirn vor, die Gruppe aus der großen Hafenstadt, die heute abend im Skunk ein Konzert gibt, mit Gogo-Girls im Livedance-Akt.

Judith Ich würde das nicht so betonen, die Tatsache, daß zwei Frauen ein bißchen rumhopsen auf der Bühne.

Radiomoderator Ach so, ihr hopst rum? Ha, ha, ha.

Sänger Wir sperren die Frauen ja nicht in enge Korsagen und dann noch in Käfige, damit sie die Leute aufreizen. Das ist mehr so eine kleine Musik-Familie, mit zwei Freundinnen eben.

Radiomoderator Könnt ihr Gogos eigentlich ein Instrument spielen? Ruth, du hast ja sogar eine Gitarre mit ins Studio gebracht.

Ruth Das ist die Gitarre meiner Mutter, die war noch bei meinem Ex hier in Berlin, die hat er mir heute mittag wiedergegeben. Ich kann nicht Gitarre spielen.

Judith Ich kann Klavier spielen.

Radiomoderator Also total banduntauglich, von den Instrumenten her gesehen. Judith, welchen Musiktitel dürfen wir für dich spielen?

Judith Ich habe mir das Stück «Pink Party» von den Cater-Girls gewünscht, das ist eine amerikanische Frauenband aus New Jersey.

Musik Schramm-schramm, Gejohle, Schramm-schramm, dazwischen Rufe («Pink Party! Pink Party!»), Mädchengekichere, Schramm-schramm, Gejohle, Schramm-schramm, «Pink Party!».

Radiomoderator Hier ist Radio Bussi Berlin.

Jingle Schmatz. Schmatz. Schmatz.

Radiomoderator Neben mir sitzt die Gruppe Hirn, die nicht sagen möchte, warum sie Hirn heißt. Oder wollt ihr doch?

Sänger Ich habe es mittlerweile vergessen.
Radiomoderator Na, wer's glaubt. Aber deutsche Musikbands brauchen so ein bißchen Mythos, oder?
Sänger Mag schon sein, aber dann lieber einen anderen.
Radiomoderator Seit wann macht ihr zusammen Musik?
André Ich habe früher mit Sebastian und Gabriel in einer Band gespielt.
Sänger Ich habe quasi den letzten Sänger abgelöst, und die Texte haben sich dann auch verändert. Vor allem haben wir nie Coverstücke ins Programm genommen. Diese obligatorische Phase, in der man sich an seinen Lieblingssongs abarbeitet und diese zitiert, hat es bei uns nie gegeben. Wir haben unsere Eigenarten kultiviert, und das hat sich als am interessantesten herausgestellt.
Radiomoderator Und welches Stück wirst du präsentieren?
Sänger Ich möchte gerne das Stück «l'amour dann Früchteeis» von Simon van Halen vorstellen. Das ist ein Kölner Liedermacher und ein guter Freund von mir.
Jingle Schmatz. Schmatz. Schmatz.
Musik Nach der Französischstunde in unserer Volkshochschule sagtest du zu mir: L'amour dann Früchteeis, das könnte ich gebrauchen. Die Wiese am kleinen Weiher gehört heute nur uns beiden. Du erklärst mir deine Farben und zeigst mir deine Sprache. Wir freuen uns gemeinsam auf l'amour dann Früchteeis. Wir können es kaum fassen, das Glück nach dem Sprachkursus, dazu l'amour dann Früchteeis. Ich spreche deinen Namen und glaube fest daran, daß es l'amour dann Früchteeis nur für uns beide geben kann. Na na na, na, na, na, na, l'amour dann Früchteeis. Oh, wieso nicht l'amour dann Früchteeis. Nächste Woche wieder, dann

werden wir sehen, ob wir mehr gelernt haben und laben uns gewiß an l'amour dann Früchteeis.

Radiomoderator Hier ist Sender Bussi Berlin, und unser Studiogast und DJ ist in dieser Stunde die Gruppe Hirn.

Jingle Schmatz. Schmatz. Schmatz.

Radiomoderator Ihr habt gerade davon gesprochen, daß es am interessantesten ist, die musikalischen Eigenarten zu kultivieren. Könnt ihr das näher beschreiben?

Sebastian Das fängt schon mal bei der Sprache an. Mittlerweile ist es ja nicht mehr das ganz neue Ding, wenn man deutsch textet. Aber dazu muß man sich erst mal entschließen. Also die Sprache ist ganz klar eine Eigenart, die es nicht so leicht hat in der englischdominierten Popmusik. Da muß man auch lernen, neu mit umzugehen. Richtig Vorbilder hatten wir vor einigen Jahren auch gar nicht, das mußten wir für uns entwickeln.

Sänger Mittlerweile ist das natürlich gewachsen, und wir können auch nicht mehr so tun, als wäre entweder alles oder auch gar nichts möglich.

Radiomoderator Bis jetzt habt ihr ja auch Lieder hier aufgelegt, die das beweisen. André, du hast dir einen Titel einer britischen Band vorgemerkt. Heißt das, daß du nicht so fixiert bist auf die deutschsprachige Musik?

André Ah, ähm, also fixiert ist keiner von uns. Und wenn wir von deutschen Texten sprechen, dann meinen wir natürlich nur bestimmte Ansätze. Die britischen Bands sind ganz klar ziemlich wichtig.

Radiomoderator Dann hören wir jetzt den wichtigen Titel «Global Mother» von der wichtigen Britband «Putt».

Musik Global mother, I started working for nikkei index and having lunch with Mister Jones. I burned my jeans and my father took to a very small car. Global mother, my girlfriend wants a family and I can not stop her nature. Global mother, my dog is pissing in the street. Global mother means a shit in China, global mother is an illusion on channel three. Global mother, my grandpa told me of world war two, my blond dolly only cares for shoes, the time of fairy-tales is lost forever. Global mother means a shit in China, global mother is an illusion on channel three. Keep on buying in a free world. Keep on buying in a free world. Keep on buying in a free world. Keep on buying in a free world.

Jingle Radiogeräte leben länger mit Bussi Berlin. Schmatz. Schmatz. Schmatz.

Radiomoderator Dieses Stück hört sich etwas nach Seattle und Surf an. Ist es wichtig für euch, englische oder amerikanische Musik zu hören?

Sänger Also arbeitsmäßig ist es erst mal wichtig, deutsche Bands zu hören, die unter ähnlichen gedanklichen oder materiellen Bedingungen Musik machen. Privat ist ansonsten alles möglich. Radio habe ich zum Beispiel lange nicht mehr gehört.

Radiomoderator Ist Radio für Avantgarde-Leute wie euch out? Sagt jetzt nichts Falsches.

Judith Also ich höre viel Radio. Ich habe auch gar nicht das Geld, andauernd neue CDs zu kaufen. Durch das Radio kriegt man von allem etwas mit.

Radiomoderator Das ist der soziale Auftrag: Musik für das Volk. Im Moment bieten wir vielleicht eher etwas für einige Kenner und Exoten, die mit eurer Musikauswahl mal was anderes hören können. Aber dafür ist dieser Sendeplatz ja auch da. Ich mache noch mal darauf aufmerksam, hier im Studio sitzt die Band Hirn, die heute abend im Skunk ein Konzert geben wird und zur Zeit das Musikprogramm bestimmt. Es sind noch zwei Titel auf eurer Wunschliste. Gabriel, der Schlagzeuger von Hirn, wird seinen Titel vorstellen.

Gabriel Fancy Lover von Sandor Bang.

Musik Instrumental-Stück, viel Schlagzeug, jazzig.

Jingle Schmatz. Schmatz. Schmatz.

Radiomoderator In Deutschland ist ja Techno ganz groß, und House und alles, was dazu- und dazwischengehört. Da würde man ja eher Gogo-Girls vermuten. Ist das nicht vielleicht doch Zeitgeist, der euch gesagt hat, «laßt es uns mit Gogo-Girls versuchen».

Sänger Mit Techno haben wir nichts zu tun, das gehört in eine ganz andere Ecke. Von daher kommen wir eigentlich nicht in die Verlegenheit, uns in einen Wettbewerb zu begeben, so wie du das angedeutet hast, um den Zeitgeist zu befriedigen. Wie gesagt, es ist mehr ein freundlicher Spaß. Ich finde es auch gut, nicht die Erwartungen so total zu bedienen, die an eine Band wie unsere gestellt werden.

Radiomoderator Wer von euch schreibt die Texte?

Sänger Ich und Sebastian.

Radiomoderator Und träumt ihr von dem großen Hit?

Sebastian Weiß nicht, wie du das siehst, aber ich glaube da nicht dran, daß das so toll sein soll, als Bravo-Starschnitt zu enden. Gibt es den Bravo-Starschnitt eigentlich noch?

Sänger Selbst wenn es den nicht mehr gibt, texte ich nicht eine Ohrwurmfarm heran. So ein paar Platten mehr verkaufen und irgendwann mal mit mehr Kohle ins Studio gehen, wäre natürlich toll. Aber den Hit-Druck haben wir nicht.

Radiomoderator Es ist jetzt noch ein letzter Titel übrig, den Ruth, das schweigsame Gogo-Girl von Hirn, zu verantworten hat. Ich glaube, das Stück kennt ausnahmsweise mal jeder. Ich verabschiede mich schon mal von euch und wünsche Hirn ein tolles Konzert heute abend. Nach den Nachrichten geht es weiter mit mir, Günther Behrens, und den Ausgehtips für Berlin von Sender Bussi Berlin.
Stimmen Tschüs. Ciao. Auf Wiederhören.
Jingle Sender Bussi Berlin. Schmatz. Schmatz. Schmatz.
Musik Time, it needs time, to win back your love again, I will be there, I will be there. Love, only love, can bring back your love someday. I will be there, I will be there.
If we'd go again, all the way from the start, I would try to change the things that killed our love. Your pride has built a wall, so strong that I can't get through. Is there really no chance to start once again. I'm loving you.

Behrens drückt einen Knopf. «So, das war's», sagt er. Mein Wunschtitel «Still loving you» von den Scorpions ist jetzt nur noch leise zu hören. Behrens lehnt sich zurück und schaut den Sänger an. «Weißt du, die Scorpions, das ist die erfolgreichste Band Deutschlands. Die verdienen einfach Respekt, kann man nichts sagen.» Der Sänger sagt auch nichts. Behrens zwinkert mich an.

Außerhalb unserer Glaskabine stellt sich ein Fritze hin und imitiert einen Heavy-Metal-Rocker. Er schüttelt sich und streckt sein Becken, vor dem er eine imaginäre Gitarre bearbeitet.

«Der ist Luftgitarrenmeister von Berlin», sagt Behrens.

Auf dem Weg zum Bus spricht keiner. Ich schleppe Mutters Gitarre und schaue niemanden an. Der Sänger setzt sich ans Steuer, wir fahren los. An der ersten Ampel ist Sebastian derjenige, der anfängt. «Du bist so Scheiße, es ist kaum zu glauben.» Er dreht sich nicht einmal zu mir um, alle wissen, ich bin gemeint. «Wenn jemand Scheiße ist, dann dieser Radio-Idiot», verteidige ich mich auch noch. Sebastian schaut mich dann doch an, aber das sollte er nicht machen, denn sein Kopf ist ganz rot. Und häßlich geworden. «Still loving you, so ein Dreck. Ich dachte, wir sind eine Gruppe, stehen zusammen für etwas. Du stehst jedenfalls für etwas, was ich hasse. Ich fasse es nicht. Wenn du sexuelle Probleme hast oder irgendwelche Botschaften in die Welt streuen möchtest, warum tust du das auf unsere Kosten. Ich habe mich richtig geschämt für dich.» Der Sänger sagt, wir sollten einen Kaffee trinken gehen. Nachdem er uns eingeparkt hat und ich aus dem Auto steige, wird mir klar, wie es jetzt ablaufen muß. «Ich brauche das nicht, mir eure Vorwürfe anzuhören. Meinetwegen stürzt euch übereinander her, ihr könnt auch ohne mich ablästern.» Ich nehme meinen Rucksack, die Klamotten bleiben im Auto, die Gitarre auch, und zisch ab. Der Sänger läuft mir hinterher. «Warte mal.» Er führt mich in ein Café, er möchte alleine mit mir sprechen. Diesmal wird es nicht um anthroposophische Theaterschülerinnen gehen, nicht um Gelesenes und nicht um die niedlichen ersten Fernseherfahrungen, an die man sich noch aus der niedlichen Kindheit erinnert. Jetzt wird er Hundert geben. Er muß hingucken, direkt in die Fotze.

Wir bestellen Cognac, ich nehme mir eine Tageszeitung, die im Café ausliegt, und lege sie mir auf den Schoß. Der Sänger steht auf und zieht sich am Automaten Zigaretten, er raucht selten. Jetzt müßte eigentlich alles bereitliegen.

«Ich möchte mit dir nicht nur über ‹Still loving you› sprechen, mir wird ganz schlecht, wenn ich daran denke, aber auch darüber.»

Der Sänger macht mir mit starkem emotionalen und gestischen Ausdruck deutlich, daß ein bestimmtes Rocker-Pathos, heulende Metall-Gitarren und Langmähnen, die die Freiheit verkünden wollen, nichts als Dumm-Machung und Gehirnscheißerei sind. Er räumt ein, daß ich das wahrscheinlich alles weiß, und meint dann, von mir ginge eine bestimmte, brutale, zynische Gleichgültigkeit aus, die ihn erschrecke.

«Und wenn du glaubst, daß Tilman gerührt vorm Radio gesessen hat, dann wirst du dich wundern. Aber da du das wahrscheinlich auch nicht glaubst ..., deine Gleichgültigkeit ist nicht in Ordnung.»

Ich fordere ihn auf, es mal anders zu sehen, der Radiomoderator wäre doch selbst total zynisch gewesen und hätte die ganze Zeit doofe Bemerkungen gemacht, wie zum Beispiel, daß die Frauen total banduntauglich seien, deutsche Bands wohl einen Mythos brauchten, und lauter so Sprüche. Da wäre es doch eigentlich richtig gewesen, ihm mit diesem Stück in die Parade zu fahren, da ging doch sein Konzept gar nicht mehr auf. Der Sänger sagt, es sei ihm scheißegal gewesen, was dieser Behrens von ihm denke, für ihn sei in erster Linie wichtig, daß seine Gruppe auf einer gemeinsamen Ebene ist. Das alleine mache Glaubwürdigkeit aus. Mir fällt jetzt auch nichts mehr ein zu dem Thema, ich denke daran, wie männlich er mich am Arm genommen und ins Café geführt hat. Für wenige Sekunden hat er die Kontrolle über mich gehabt. Und daß er mir dann noch gezeigt hat, wie aufgeregt er ist, weil er sich Zigaretten kaufen muß, hat mir auch gut gefallen. So physisch habe ich ihn noch nie erlebt. «Wenn man immer nur zynisch und ironisch ist, dann verliert man», sagt er zu mir und reißt mich aus einem Tagtraum. «Ich dachte in den letzten Tagen oft, daß ich mich in dich verliebt habe», offenbart er sogar.

Klar, was er meint, er ist definitiv nicht in mich verliebt.

Er geht aus dem Café, ich lese die Zeitung unaufmerksam. Was mache ich bloß, wie fühle ich mich, der Artikel über die Hagelkatastrophe im Bayrischen beantwortet diese Frage nicht. Ich bestelle eine Tomatensuppe und gehe zum Telefon. Wo habe ich nur diese Nummer, ich suche sie in meinem Rucksack, finde sie und rufe Axel an. Der Anrufbeantworter schaltet sich an, eine Frauenstimme, Ausschnitt aus der Revolutionsetüde, pieps, ich lege auf. Einatmen.

Ich rufe Tilman an. «Ja?» sagt er einfach.

«Ich bin's, Ruth.»

«Wo bist du?»

Ich frage die Tresenfrau, wie das Café heißt. Es trifft sich alles glänzend.

«Ich bin perverserweise in einem Café namens B-Kiste.»

So was gibt's nur in Berlin, und das ist ein Vorwurf. Tilman sagt, er hätte etwas Zeit, ob er kommen soll. Ausatmen.

Kurz nachdem ich die Tomatensuppe gegessen habe, ist er schon da. Weiter einatmen. «Und, wie war es im Radio?» fragt er als erstes.

«Sag bloß, du hast es nicht gehört!» Ich bin wirklich verblüfft. Er lacht.

«War nur ein Witz. All we hear is radio gaga, radio gugu ...»

«... radio gogo.»

Er fragt mich, wie es zu Hause so läuft, ob ich den Sänger oft sehe. Ob Tilman riechen kann, daß er vor einer halben Stunde hier gesessen hat und endgültig alles klärte?

«Weißt du», sage ich gedehnt, «er versteht mich nicht. Er versteht mich einfach nicht.»

Es scheint, daß ich auf diese Zeile Jaaaahre gewartet habe. Es kommt aus mir heraus, daß ich es fünftausendmal sagen möchte.

Er versteht mich nicht.

Er versteht mich nicht.

Er versteht mich einfach nicht.

Wir bestellen Kaffee. Tilman ist wirklich sehr schnell zu mir gekommen. «Ich kann mir vorstellen, daß du jetzt ein paar Probleme hast», sagt Tilman und zwinkert.

«Ach was, die Jungs werden das vergessen.»

Er verdeutlicht mir seinen Eindruck dieser Radiosendung und hält mir vor, daß ich hätte wissen müssen, auf welches Spiel ich mich mit dieser Tournee eingelassen habe. Außerdem käme heute abend dieser wichtige Musikjournalist, und vielleicht hat er die Sendung auch gehört.

«Wenn du die Band verletzen wolltest, dann hast du das geschafft. Wie ich dich kenne, wirst du es als eine Leistung empfinden, und irgendwie ist es auch eine.»

«Meine Güte, Tilman, ich bin doch nicht Yoko Ono.»

«Wenn Yoko Ono sich öffentlich im Radio zu den Scorpions bekannt hätte, wäre John Lennon bestimmt nicht so lange mit ihr zusammengewesen.»

So ein Klugscheißer.

«Und wer ist mein John Lennon?» frage ich ihn.

Er lacht und sagt, er sei es ja nun nicht mehr. Wir schweigen eine kleine Weile.

«Du regst dich wenigstens nicht so sehr darüber auf», das muß ich ihm anerkennend mitteilen. Er nutzt dieses Lob, um mir zu erklären, daß er sich in Berlin eine gewisse Lässigkeit zugelegt hat und musikalisch mittlerweile so eigen ist, daß ihn solche Dynamiken nicht mehr tangieren. Er ist immer so vernünftig gewesen. Vernünftigerweise lehnt er meine Gedichte ab. Über die Malereien meiner Mutter schweigt er höflich und gewissenhaft. Irgendwie vernünftig. Doch wenn er schlecht gelaunt ist, packt er beide Urteile zusammen und verletzt mich und meine Gefühle. Jetzt wäre es für uns an der Zeit, in den alten Wunden zu kratzen, die komplizierten Begebenheiten aufzurollen, die dazu führten, daß wir uns trennten und kurz wieder zusammenkamen, weil ich dachte, ich sei schwanger, dann war ich es nicht, Tilman wurde depressiv, stellte seine eigenen Pläne zurück, auf einmal ging er für zwei Wochen nach Berlin, dann blieb er dort.

Er fragt mich, ob ich mir «Still loving You» auch gewünscht hätte, wenn er und der Sänger das Thema Musik nicht so ernst genommen hätten, heute morgen beim Frühstück. «Weißt du eigentlich, was ich mir in den letzten Tagen so alles von Sebastian anhören mußte? Der hält sich tatsächlich für einen geistreichen, witzigen Menschen. Weil André und Gabi ihn dauernd bestätigen. Drei Witze taugen vielleicht was, die dreizehntausend folgenden leider nicht.»

Er sagt nichts mehr. Er erzwingt nichts, und er hält nichts fest. Läßt mich so alleine. Zwar nur aus Angst – aber trotzdem. Warum kommt mir jemand so nahe.

Ich stehe vor Dietmars Haus. Es ist viel zu früh, um ins Skunk zu dem scheußlichen Auftritt zu gehen. Mein Triumph – ein Soundcheck ohne mich. Dietmar ist nicht da, keiner öffnet mir die Tür. Ich gehe zur Telefonzelle, rufe Axel an. Er lädt mich zu sich ein. Zufällig wohnt er hier ganz in der Nähe. Ich ahnte das bereits. Er erklärt mir genau den Weg zu ihm und verspricht, mir entgegenzukommen. Kurz vor seiner Haustür treffe ich ihn. Wir gehen nach oben, ich gehe vor, er immer hinter mir, bis zum vierten Stock. Auf seinem Schreibtisch steht ein Tablett mit einer Kanne Tee, dazu Milch und Zucker. «Der Tee ist gerade gekocht», sagt er. Wir setzen uns auf das Bett und trinken den Tee, er schaut mir andauernd ziemlich tief in die Augen, beim Nachschenken rollt er seine Augen, beim Umrühren hat er so einen gewissen Augenaufschlag. Ich bin unfähig, sein Getue in irgendeiner Weise zu beurteilen. Nachdem zwei Tassen getrunken sind, nimmt er mir mit viel Augenunterstützung die Tasse aus der Hand, stellt sie am Bettrand ab, seine dann ebenfalls, und beugt sich zu mir herüber. Ich nehme eine bequeme Haltung ein und spüre, wie angenehm das Liegen ist. Er legt seinen Kopf auf meinen Busen, so bleibt es einige Minuten. Er streichelt meine rechte Brust, langt unter meine Bluse, massiert die Brust. Er schaut mich an, wir küssen, er wird drängender, zieht sein Jackett aus, wieder drängende Küsse. Ich muß zum Klo, entziehe mich mit dem Hinweis, gleich ganz sicher wiederzukommen. Im Klo stelle ich ohne Überraschung fest, eine feuchte Möse zu haben. Was er wohl gerade macht, wird er sich ausziehen, zündet er Kerzen an und läßt die Jalousie herunter? Das hat man nun davon, wenn man es mit einem fast fremden Mann soweit kommen läßt. Er steht im Flur, kommt mir entgegen. Wir knutschen zum Bett zurück. Er faßt zwischen meine Beine, jetzt muß auch ich etwas für ihn tun. Sein ergebenes Stöhnen zeigt mir, er hat darauf gewartet. Und wie. Ich habe mich entschieden. Es wird mein erster Fick, nach fast einem Jahr. Eine Sache hat er doch verändert, während ich auf dem Klo war. In der leeren Teetasse ist plötzlich eine kleine Schachtel mit schwarzen Kondomen. Ich sage ihm, wir sollten es gleich noch einmal tun, weil das erste Mal so schnell vorbeigeht. Der zweite Fick ist sogar ziemlich gut, die Sache bekommt etwas mehr zwischenmenschliche Tiefe, das hypnotische Augenrollen weicht, und Axel entwickelt einen ehrgeizigen Fickerblick, von dem ich eine Gänsehaut bekomme.

Wir liegen herum, ich blicke auf Axels nackten Rücken und zähle seine großen Leberflecke, vierzehn. Mein Magen knurrt, Axel dreht sich um. «Ich könnte auch etwas essen», sagt er und greift nach seinem Telefon. Er wählt eine Nummer.

«Ich bin es», sagt er einfach.

Ich höre eine helle Frauenstimme aus dem Telefonhörer antworten.

«Dann bring Pasta mit. Ich habe gerade Besuch, also drei Portionen. Am besten, du gehst schnell zu Victor. Warte mal.»

Er fragt mich, was für Pasta ich möchte, er empfiehlt Steinpilze. Zweimal Pasta mit Steinpilzen. Er legt auf, verspricht mir, daß wir in einer halben Stunde essen können. Er verläßt das Bett, holt Handtücher aus einem Schrank, legt ein großes weißes Badetuch auf meine Seite. «Ich dusche kurz, dann kannst du», kündigt er an. Bevor seine Füße ihn ins Badezimmer tragen, steuert er die Stereoanlage an und legt eine Jazzplatte auf. Cool Jazz im Raum, ich noch im Bett. Jetzt, da er duscht, kann ich über die letzten Minuten nachdenken, es werden nicht mehr als zwanzig gewesen sein. Ich bin orgasmusfähig. Ich merke, das war Sex, um satt zu werden, nicht um Appetit zu bekommen. Zwischen mir und Axel gibt es eine Spannung, die vielleicht noch ein- oder zweimal Sex vertragen kann, dann wird es vorbei sein. So ist das mit Spießersex, ich kann nicht anders, Axel kann nicht anders. Jetzt bin ich dran mit duschen. Ich nehme meine Kleidung ins Bad, schließe mich ein. In Axels Dusche sammeln sich Haare am Ausguß, verschiedene Duschgelsorten, die mir persönlich zu teuer wären, bieten sich dekorativ an. Ich friere und merke, ich wäre sehr gerne im Bett geblieben. Einen kleinen Schlaf habe ich nötig. Aber Axel diktiert einen straffen Ablauf: fertig sein zum Essen. Ich komme aus dem Bad, und Axel entkorkt eine grüne Weinflasche. So ist das also, Weißwein nachher. Es hat etwas Kultiviertes, vor dem Sex Tee zu trinken und danach Weißwein. Die anstrengende Leistung ist nicht die des Körpers, der sich zu einem fremden Menschen ins Bett legt und der dann auf den Körper des fremden Menschen eingehen soll. Die Leistung besteht in der Unterwerfung, ich unterwerfe mich einem ganzen Ritualablauf, einem Gewohnheitenrhythmus, der mich geistig in Schach hält. Duschen, Weintrinken, Essen, Unterhalten. Die Jazzplatte. Es klingelt, ein junges Mädchen, sie kann doch nicht älter sein als fünfzehn, betritt mit warmen Tüten die Wohnung. Axel stellt uns vor, sie heißt Liliane. Axel öffnet drei Plastikschalen und bittet Liliane, drei tiefe Teller und Besteck zu holen, die Gläser stehen schon auf dem Tisch. Ich beobachte Liliane und bemerke, daß sie sich auskennt in der Wohnung. Sie holt einen Parmesankäseblock aus dem Kühlschrank, sucht und findet eine kleine Käseraspel. Wir setzen uns, Axel füllt die Pasta um, von den Plastikschalen gleiten die fettigen Nudeln in die weißen Teller. Ich hätte so einen Teller gerne umgedreht und mir den Firmenstempel angesehen. Das wäre etwas Aussagefähiges gewesen. Ich schenke mir Weißwein ein, frage Liliane, ob sie möchte, schenke ihr ein. Axels Glas ist schon gefüllt, wir raspeln uns reihum den Parmesankäse und essen. Liliane erzählt uns, daß sie in ihrem Kunst-Leistungskurs in der Schule durchgesetzt hat, daß der Lehrer endlich ein Fotolabor einrichtet. Axel kennt die Namen, die sie erwähnt, er lächelt sie an, freut sich höflich mit ihr. Das Telefon klingelt, Axel geht nicht ran, der Anrufbeantworter schaltet sich ein. Die Ansage des Bandes, die ich heute schon mal gehört habe: «Hallo, bitte sprich auf das Band. Danke.» Das hat doch Liliane gesprochen, ihre Stimme ist auf der Ansage. Dann hören wir die markanten Takte der Revolutionsetüde.

«Hallo, Ruth, bist du da?» Judith ruft hier an. «Hallo, Axel, hier ist Judith, ich dachte, vielleicht ist Ruth...»

Ich stürme zum Telefon, die Maschine schaltet sich aus, sobald ich den Hörer abhebe. «Ach, hallo, du bist es», sage ich.

Sie fragt mich, ob ich überrascht sei, daß sie sich schon gedacht habe, daß ich bei Axel bin. «Du, Judith», sage ich daraufhin, «wir essen gerade. Was gibt es denn?»

Judith klingt jetzt etwas beleidigt und sagt, sie wolle nur wissen, ob ich denn wenigstens noch ins Skunk käme. Alleine werde sie nicht auftreten, die Jungs seien sowieso schon ganz allergisch. Ich sage ihr, ich habe zwar keine große Lust zu kommen, werde es aber doch tun.

«Okay, und übrigens, deine Sachen sind bei Tilman, der Sänger hat sie dorthin gebracht.» Die Sachen? Ach so. Die Gitarre ist wieder bei ihm.

Kaum daß ich aufgelegt habe, bedauert Liliane die furchtbare Ansage, die sie auf Axels Band verbrochen hat. Sie werde sich sofort etwas anderes ausdenken. Sie verläßt den Tisch und setzt sich mit dem handlichen Anrufbeantworter, den Axel «AB» nennt, vor die Stereoanlage. Axel und ich stochern noch etwas in unserer Pasta, sehen uns an und hören im Hintergrund die verschiedenartigsten Möglichkeiten der Liliane, Axels AB mit einer ganz tollen Ansage zu veredeln. Witzige und trockene Aufforderungen, eine Nachricht zu hinterlassen, werden mit Takten aus Axels Plattensammlung untermalt. Brasilianische Chormusik schmettert, Rachmaninoff erschrickt, die Beatles kreischen «Yeah, Yeah, Yeah». Nichts will Liliane so recht gefallen. Es ist ihr ungeheuer wichtig. Ich glaube, Axel ist ihr ungeheuer wichtig, es ist fast peinlich, wie sich diese Erkenntnis in meinem Bewußtsein zu einer sicheren Annahme verwandelt. Ich frage mich, ob Axel schon mit ihr geschlafen hat. Er dosiert es bestimmt, kleine mittelmäßige Erfahrung über lange Zeiträume verteilt. So hält er sich eine kleine Pasta-Lieferantin, eine Anrufbeantworter-Zofe, eine minderjährige Bewunderin, Sklavin seiner Sex&Wash-Gewohnheiten.

«Hallo hallo, hier hier, ist ist, der der, automatische automatische, Anrufbeantworter Anrufbeantworter, von von, Axel Axel, Müller Müller. Nachrichten können nach dem Signal hinterlassen werden.»

Ich sage Axel, ich müßte jetzt ins Skunk. Er erzählt Liliane, die mit ihrem letzten Versuch vorerst zufrieden ist, daß ich Gogo-Girl in einer Band bin, die heute abend ein Konzert gibt. Ich habe keine Lust, ihm zu erzählen, daß es vorbei ist mit dem Gogo. Axel fragt Liliane, ob sie Lust hat mitzukommen. Wir verlassen seine Wohnung, ich erschrecke darüber, daß es bereits sehr dunkel geworden ist. Axel hat einen alten Citroën, mit dem er uns fährt.

Vor dem Skunk steht eine kleine Gruppe Menschen, die sich überlegt, ob sie wirklich da rein will, das heißt, ob alle bereit sind, das Eintrittsgeld zu bezahlen. Gespannt beobachten diese Leute, ob wir uns denn ohne weiteres von dem verlangten Betrag trennen können. Daß wir alle drei nichts zahlen müssen, scheint sie irgendwie fertigzumachen, sie verschwinden prompt. Der langhaarige Typ an der Kasse glaubt mir sofort, daß ich «ich» bin und zur Band gehöre. Ich bekomme einen blauschwarzen, besonders tintigen Stempelabdruck auf die Haut, einen Bürostempel, der «Kopie» sagt. Die Bedeutung des Stempelns ist mir in den letzten Tagen erst richtig aufgegangen. Wenn nur sehr wenige Leute zu einem Konzert erscheinen, wäre es ja eigentlich entbehrlich, die Leute zu stempeln, da man sich an die, die den Eintritt bezahlt haben, auch so erinnert. Aber man gibt den Leuten den Stempel auf die Haut, damit sie eine Erinnerung auf der Haut tragen, und nicht, damit sie den bezahlten Eintritt nachweisen können. Diese Erkenntnis ist wirklich interessant für mich, weil ich mich wundere, daß mir das erst jetzt, nach all den Stempeln und all den Jahren, auffällt. Wunder gescheh'n.

Der Raum ist mittelmäßig gefüllt. Tilman sehe ich sofort, er sitzt an der Bar und unterhält sich mit einer Frau. Die Bühne ist vorbereitet, die Instrumente warten. Axel möchte uns zu einem Drink einladen und geht zur Bar. Das Mädchen Liliane fragt mich, wann denn mein Auftritt sei. Ich sage, ich werde mich hier heute nicht zum Affen machen. Ich gehe zu Judith,

Liliane folgt mir. Judith sitzt in einer Nische und bietet dort «Hirn»-Artikel zum Kauf an. Ich stelle Liliane und Judith einander vor, ich sage, Judith ist das andere Gogo-Girl, das heute auch nicht auftreten wird. Liliane hat noch so ein junges Gesicht. Sie sagt «muß mal» und geht. Ich setze mich zu Judith in die kleine Nische. In diesem Skunk sind ein paar Tische im Raum verteilt, auf den Tischen stehen kleine Plastiklampen, die ein spärliches Licht abgeben. Unter den Lampen liegen plastik-goldene Deckchen, die mit Rosen bedruckt sind. Dieses Dekor sehe ich auch nicht zum ersten Mal. Judith erzählt, sie hätte heute schon einen scheußlichen Abend hinter sich, und wenn Dietmar nicht gewesen wäre, dann wäre sie schon im Zug nach Hause oder bereits im Bett, und ich könnte ihr für lange Zeit egal sein. Wir schweigen. Nun gut, ich habe mich Judith gegenüber nicht korrekt verhalten. Unfreundschaftlich. «Ich weiß», sage ich und entschuldige mich dafür, daß ich mich nicht gemeldet habe. Aber bei Dietmar war niemand zu Hause, als ich vor der Tür stand. Dann sei ich eben zu Axel Müller, der wohnt da zufällig in der Ecke.

«Und wer ist die Kleine», fragt Judith und meint Liliane.

«Ich glaube, Axel züchtet sich eine sexuell Untergebene heran, sie ist ihm ziemlich hörig.» Judith macht große Augen. «Aber die ist doch erst sechzehn oder so.»

«Ja, deshalb», antworte ich bedeutungsvoll.

«Und ich dachte schon, du liegst mit ihm im Bett», sagt Judith irgendwie erleichtert.

«Es war mein erster Fick nach fast einem Jahr.»

«Oh, du bist so blöd, Ruth. Morgen rufe ich meinen Marcel an.»

Das bedeutet, andere Menschen sind verliebt.

Axel kommt an den Tisch in unserer Nische, grüßt Judith und stellt mein Getränk ab. Ich frage ihn, ob er sich zu uns setzen möchte. Er rutscht neben Judith auf die Bank. Axel Müller ist ein eitler Jackett-Träger. Da sitzt er und erfährt von Judith endlich, daß die Gogonummer geplatzt ist. Als er nach dem Grund fragt, schaut Judith mich an. Sucht sie in meinem Gesicht etwa eine Antwort? Soll sie doch versuchen, es zu erklären. Ruth hat sich das falsche Lied gewünscht, Ruth hat die Gruppe nicht getragen, Ruth hat sich ungebührlich verhalten. Ruth ist gar kein richtiges Gogo-Girl. Ich höre gar nicht hin, was Judith da zusammenpsychologisiert. Mein Blick hängt an der Bar, an der Liliane mittlerweile sitzt. Etwas weiter sitzen der Sänger und Tilman und die immer noch gleiche Frau von vorhin. Mehr Menschen sind gekommen, ein Gedränge vor der Theke, die Tresenfrau muß fleißig Bierflaschen öffnen und rausgeben, rausgeben. Ein furchtbarer Job.

«Du», sagt Axel zu mir und reicht nach meiner auf dem Tisch abgelegten Hand. Er schaut mir tief in die Augen, das Rollen beginnt wieder, sein unerbittliches Spiel.

«Möchtest du woanders hingehen?» fragt er. Ich bin müde, ich hätte gern in deinem Bett geschlafen, ich brauche Ruhe, ich bin doch kein Tier.

«Ich weiß noch nicht, Axel.»

Der Tilman sitzt da, ich habe Tilman noch nicht gesprochen, wir haben nicht reden können heute. Da war noch nichts los. Ich bin hier noch nicht fertig. Ich weiß wirklich nicht, weshalb es immer so ein Ort sein muß. Eine Kneipe, eine Konzertkneipe. Da muß man erst mal gegen diesen Muff. Warum Kneipen immer so beschaulich muffen, Plastikdecken mit Rosenprägung. Das ist doch so eine traurige Sache. Wieso ist Liliane nicht bei uns. Wenn Axel sie schon abrichtet, dann sollte er sich auch um sie kümmern. «Axel, bitte doch Liliane zu uns.» Ich sage es eine Spur zu streng.

«Was magst du eigentlich an ihm?» fragt Judith, kaum daß Axel zwei Schritte entfernt ist. «Er ist doch so ein aufgesetzter Bohemetyp, natürlich auch irgendwie nett, aber als Mann?»

«Da hast du wohl recht.»

Ich wäre auch gerne ein Bohemian. Doch dazu fehlt mir, ich weiß es schon seit Jahren, die innere Haltung. Weder bin ich arm genug, um mich mit ausschweifenden Luxusanfällen an existentielle Grenzen zu bringen, noch bin ich wohlhabend genug, um einen Dreck um mich herum zu inszenieren. Ich bin viel zu protestantisch, viel zu bürgerlich. Tilman hat mal gesagt, ich könnte kein Bohemian sein, solange ich Kochen ernst nehme. Lange nicht mehr gekocht. Und das ist natürlich Axel, Steinpilzpasta vom Plastikbehälter schwups in die weißen tiefen Teller. Lieferung per Schulmädchen. Als Frau sind derlei Avancen natürlich kaum nachzuahmen. Mit Hosentragen und Zigarettenrauchen ist es auch nicht mehr getan, so wie in den guten alten Zeiten, weiß Gott, ich habe es oft genug probiert.

Axel und Liliane kommen an den Tisch, wir sitzen etwas gequetscht. Judith stellt sich hin. «Ich glaube, ich habe heute nachmittag eine Radiosendung über diese Band gehört. Kann das sein, auf Bussi Berlin?» fragt Liliane.

«Hat es dir gefallen?» erkundige ich mich und bin wirklich neugierig. Liliane hat nur mit halbem Ohr zugehört, sie fand die Songs, die gespielt wurden, irgendwie interessant. Axel langweilt sich unsäglich und läßt es sich anmerken. «Ich glaube, du wirst es nicht mehr lange hier aushalten», prophezeie ich ihm.

«Bleibst du denn wenigstens noch da?» frage ich Liliane.

Liliane bleibt, Axel kippt seinen Drink und haut ab. Bevor er ganz weg ist, flüstert er mir etwas ins Ohr, und ich habe davon ein Kitzeln im Bauch. Aber ich muß nicht kichern, so reif bin ich schon.

Kaum daß wir ohne Axel beieinandersitzen, geben sich die Herren vor unserem Tisch die Ehre. Gabriel sagt, er wäre etwas betrunken. Da diese Mitteilung keine große Wirkung hinterläßt, macht er den Stehplatz frei für den nächsten. Der Sänger kommt und sagt, Gabriel hätte echt viel getrunken. Er selbst hätte auch schon einiges geschluckt. Worte wie der reine Schall. Es gibt eine kurze Pause, in der der Sänger abtritt, die Minuten genutzt werden, Judith zieht sich den Lippenstift nach. Tilman schlendert betont lässig zu uns, er läßt befürchten, daß sein eigentliches Ziel das Klo ist. «Ist das deine Freundin, Tilman», frage ich und finde mich ausgesprochen mutig.

«Und wenn schon, ich bin doch sowieso bindungsunfähig», sagt er und klingt betont frech. Ich habe genau gesehen, daß sie eine schöne Frau ist. Dunkelhaarig, persisch-mäßig, nicht billig angezogen. Eine gefestigte Frau, die Tilman auf die Wange küßt, ihm an die Taille faßt – mit ihm redet. Ein Schatten, eine Frauensilhouette. Sie ist intelligent, schön, selbstbewußt, stilvoll, einschüchternd, dunkelhaariger.

Tilman setzt sich zu uns und guckt Liliane und Judith abwechselnd an, sie unterhalten sich gerade über das Phänomen, daß Menschen sich verdammt ähnlich sehen können, ohne miteinander verwandt zu sein.

Tilman, der ewig junge Mann, der auf Frauen eine sehr begeisternde Wirkung hat. Der Kreativitätszwang ist die Methode, mit der er jung bleibt. Ich hatte wohl wirklich das Bedürfnis, diesem Mann ein Kind in die Wiege zu legen, ihn zu domestizieren, den Vatersohn zum Vater zu machen. Was kann man denn mit so einem alten Kerl auch anderes anfangen? Der wird in ein paar Jahren 40, sieht aus wie 30 und benimmt sich wie 25. Da ist jedes Lächeln ein Appell an die sich durchschlagende Frau, der Lebenskonfusion mit einer Familienplanung zu begegnen. Hat nur nicht geklappt. Das war der härteste Kater meines Lebens. Katzenjammer Kid. «Ich denke gerade an den ganzen Scheiß, den ich mit dir erlebt habe.»

Es wäre besser gewesen, ich hätte statt dessen gesagt: «Du verstehst mich nicht. Du verstehst mich einfach nicht.»

«Ich denke auch oft daran.»

Aber er muß jetzt zum Klo, beschwört mich, unbedingt dazubleiben, er habe eine große Überraschung für mich. Judith nimmt er das Versprechen ab, daß sie darauf achtet, daß ich nicht verschwinde. «Du kannst dich auf mich verlassen», sagt sie. Aus welchem Film hat die Squaw wohl diesen Spruch geklaut?

So, jetzt knöpfe ich mir Liliane vor.

«Sag mal, kennst du Axel gut?»

Ich will nicht feindselig klingen, habe aber eine Direktheit in der Stimme, ich merke schon, ihre Augen flattern davon.

«Ich bin mit ihm zur Schule gegangen, weißt du.» Diese absolut unnötig harmonisierende Bemerkung kommt von Judith. «Weißt du, Ruth hat ihn gestern zum ersten Mal getroffen.»

Wenn ich der kleinen Liliane jetzt sagen würde, daß Axel

mich heute den ganzen Spätnachmittag durch relativ miserabel gevögelt hat, wäre das vielleicht die Roßkur. Sie würde mich vielleicht fragen, wieso, er wäre zu ihr immer sehr zärtlich. Dann müßte ich ihr schnell erläutern, daß er keinen Sex in den Händen hat, daß er kaum das Geschlecht einer Frau anfassen kann. Aber vielleicht kann er es bei Minderjährigen, dann stünde ich wirklich doof da. Auf jeden Fall ist er lochfixiert, selbstverliebt, und er hat diesen gewissen Teetassentrick. Nicht daß ich mir leid täte, aber um sein Männchen aus ihm herauszuschälen, müßte man es schon acht- oder neunmal hintereinander mit ihm betreiben. Liliane sagt, Axel wäre der Assistent ihres Vaters, der Vater hat eine respektable Galerie da beim Ku'damm. Ach. Dann wird er sie wohl heiraten. Aber wieso die Pasta-Nummer, wieso so wenig Respekt? Ich muß darüber nachdenken. Eine Frau und ein Mann kommen an den Stand, und die Frau fragt den Mann, ob er das T-Shirt haben will. «Hirn war hier» steht darauf. Sie sagt, sie schenkt es ihm, wenn er es möchte. Er guckt uns an, wir drei schauen ihn an, und er sagt gar nichts. Sie kauft ihm trotzdem das T-Shirt, und zum dritten Mal heute zwinkert mich jemand an.

Achtung, Achtung, es geht los. Alles stehenbleiben und verstummen, jeder bleibt bei seinem Glas, niemand will noch in den Raum, dann kann es ja auch losgehen. Musik wie aus der Leihbücherei, viele Gedanken, nur behalten kann man sie nicht. Die Hamburg-Mannheim-Nummer zuerst, da denke ich jetzt an die Frau, die sich wirklich gestürzt hat, Selbstmord in echt. Die hätte jetzt bestimmt was gemacht. Aber es darf nie wieder passieren, Selbstmord mitten unter uns, hat der Sänger gesagt. Das Schlimmste ist doch, wenn sich niemand mehr an sie erinnert. Er sagt, man kann kein Andenken beschmutzen. Deshalb singt er darüber. Wenn sie ihm nur zuhören. Zuhören? Das muß wirklich jeder für sich entscheiden. Jetzt der Refrain, ... wie konnte das geschehen, laalaalaa. Gabriel hat die Augen zu, immer schön Schlagzeug, Schlagzeug. Dieses Konzert, wie soll ich sagen, laa, laa, laa. Das Publikum, da muß es überspringen. Die Konzentration, auf die Bühne zu gucken. Was spielen die, wie spielen die, wie sehen die aus, warum sind die im Radio gewesen, und versteht man den Text bei der Lautstärke eigentlich. Alles tausendmal geprobt, immer den Mund auf, singen, hoch und tief, es muß immer eine neue Situation sein. Heute spielen wir für Berlin, einmal zusammensein. So eine Musik, und man guckt immer nach vorne, nichts verändert sich. Die Männer stehen da und tun das, was sie tausendmal in dunklen Kellern und Bunkern getan haben, und zeigen sich für Geld. Das ist die authentische Musiksituation. Das lockt wohl, doch das stimmt nur zum kleinen Teil.

Konzerte sind Stehpartys, unterbrochen von lauter Musik, das Vorher und das Nachher ist eigentlich das erste und das dritte. Vorher kann man den Hals verdrehen, trinken, grüßen, winken, sich von besseren Seiten zeigen als nachher. Nachher kommen dann die Sätze, weil die Konzentration viele verschlingt, immer auf eine Bühne gucken, Musik ohne Film. Da sagen sie: «Ich werde hier nicht alt.» – «Morgen ist auch noch ein Tag.» Und es gibt diejenigen, die sich damit nicht begnügen können, die den Konzertabend festhalten, weiteres daraus machen wollen. Die Wünsche und Sehnsüchte derer, die geschaut haben und sich im Starren dem Bild der Musiker ergeben haben, haben sie doch alles, auch Verlangen. Die wollen nach dem Konzert noch etwas erleben. Menschen mit solchen Verlangens-Gelüsten wachsen nach, eine natürliche Ressource, darauf ist Verlaß. Doch wer zehnmal Bodensatz gewesen ist, und die Lichter gehen an, bevor sie schnell wieder gelöscht werden, und die Tresenschlampe schmeißt dich raus, und ins Taxi passen alle rein, nur du nicht oder der Mann, dabei wolltest du nur seinetwegen in die nächste Kneipe mitgehen. Dann sagst du auch «Ich werd hier nicht alt». Und das ist so gelogen, denn genau hier bist du alt geworden, sonst würdest du so nicht sprechen.

Hirn und Berlin, das ist keine Liebe auf den ersten Blick. Hat tatsächlich einer gerufen «He, du Sänger, dein Reißverschluß ist offen!», und der Sänger hat wirklich nachgeguckt, war ein Witz gewesen, und da haben sie gefeixt. Natürlich gibt es dann keine Zugabe, und wen stört es, niemanden. Tilman geht auf die Bühne, Gitarre in der Hand, die Renate-Gitarre. Das ist die Überraschung. Ich stelle mich nach vorne, nah an die Bühne, Judith kommt neben mich und knufft mir den Oberarm, guck mal, Frau, da Mann. Irgendwie lächele ich sie herzlich an. Tilman stellt einen Barhocker auf die Bühne und setzt sich darauf. Wie ein Liedermacherfürst mit dem Hocker als Thron. «Hey, Leute, jetzt gibt es was, das ihr bestimmt mögt, wenn ihr Hirn nicht abkönnt. Und deshalb unplugged für euch: Still loving you.» Das ist die Überraschung. Das kommt an in Berlin. Er singt ganz unpathetisch, und das Klampfen der Gitarre ist wohldosiert. Schaurig, schaurig. Tilman kann in Applaus baden, verrückt.

Der Musikjournalist ist begeistert von Tilmans Auftritt, das hätte Berlin voll verdient, das wäre eine starke Geste gewesen:

«Scheiße vor die Säue.» Er wird darüber schreiben, das ist eine Mitteilung in der Vermischten-Ecke seines Ressorts wert. Nicht zu vergessen die Unplugged-Parodie, die unabhängig davon etwas Wahrhaftiges ausgedrückt haben soll. Dieses Verhalten muß Schule machen, da können sich Experimente entfalten. Man sei viel zu lange nett geblieben. Als wären alle Musiker sein verlängerter Arm, so redet er, und ganz wirr. Wir sitzen im Bus, die Instrumente werden morgen abgeholt, ganz eilig haben sie es, wegzukommen, aus dem Skunk raus. Der Musikjournalist heißt Christoph und ist gestraft mit dem Nachnamen Wallach, und auch die Liliane sitzt zwischen uns. Der Sänger hat sie beiläufig gefragt, ob sie denn zu einer bestimmten Zeit zu Hause sein müßte. Sie sagt, sie macht, was sie will. In dem Alter kann man das noch sagen, später ist es der tragische Imperativ, daß man macht, was man will, wenn man nur wüßte, was. Darum schweigen wir weise. Wallach macht sich im dunklen Bus Notizen und riecht nach Schweiß. Wir fahren alle zu Tilman, um eine kleine Feier mit Abschiedscharakter zu verleben. Unsere Tour ist zu Ende, ein Happy-End hat es gegeben, dank Tilman, danke. Merci oder Gnade.

In Tilmans Wohnung stehen die Rotwein- und Bierflaschen schon bereit, Tilman schmeißt Kekse und Schokolade auf den Tisch. Mir ist schon längst aufgefallen, daß die Männer nach einem Konzert immer sehr viel Schokolade essen. Keine Drogen, keine Blowjobs, keine Exzesse. Aber das – Schokolade von der Tankstelle. Zum Ersticken viel Schokolade. Mit Nüssen, mit Nougat, mit Marzipan, mit Rosinen, aber nicht mit Joghurt. Wir schieben bequeme und unbequeme Stühle und Sessel zusammen, es ergibt eine richtige Runde.

«Ruth darf die erste Platte auflegen», schreit Tilman aus dem anderen Zimmer herüber. Man lächelt betont gequält. Ich werde zärtlich sein, verspreche ich und gehe zu Tilman und seiner Plattensammlung. Ich seufze kurz und greife gezielt hinein. Und wirklich, Hildegard Knef können alle gut hören. Man sei schließlich in Berlin und bei Tilman in Sicherheit, bemerkt Gabriel. Das ist der Startschuß zu einer Reihe Anti-Berlin-Geschichten. Was sie in diesen zwei Tagen so Schreckliches erlebt haben wollen: Die Bäckerin schnauzte, nur weil man «Rundstücke» statt «Schrippen» verlangte. Tilman hebt positiv hervor, daß man hier für 1000 g frisches Berliner Landbrot vom Bäcker nur sooo wenig bezahlen muß. Das gäbe es bei uns doch seit Helmut Schmidt nicht mehr. Berlin sei eine holländische und belgische Agrarkolonie, Obst und Gemüse aus Deutschland seien eine Seltenheit, weiß Judith zu berichten. Da hat ein Schluck Leitungswasser mehr Vitamine, empört sich auch André über dieses düstere Kapitel Eßkultur. Hungrige melden sich, alle sind hungrig. Ich sage, ich würde etwas kochen, vorausgesetzt die Küche kann genug bieten. Tilman und ich suchen in der Küche nach Zutaten. Ich finde es eine fantastische Idee, einen Zwiebelkuchen zu backen. Alles, was ich benötige, ist vorhanden: Mehl, Eier, Butter, Speck und Zwiebeln. Tilman und der Sänger leisten mir in der Küche kurz Gesellschaft, beim Zwiebelschälen und Heulen bleibe ich alleine am Schnittbrett. Dann kommt der Wallach und fragt mich, ob wir uns nicht kennen. Klar kennen wir uns, ist auch zu schade, daß man sich in den letzten tausend Jahren fast jedes Wochenende gesehen hat, aber erst heute miteinander ins Reden kommt. Ich sage ihm, ich glaube nicht, daß wir uns kennen. Aber wenn er darauf beharrt, soll er nur sagen, woher. Er sagt, ich wäre mit einer Exfreundin von ihm befreundet, ist lange her. Ach ja, du bist das also, sage ich. «Und wie geht es ihr?» fragt er.

Schulterzucken, ist lange her. Er sieht mir beim Zwiebelbraten zu, und da ich eine Menge Zwiebeln brate, werde ich sie mit Apfelsaft ablöschen, ganz wenig davon, und dann eine winzige Knoblauchknolle dazu, viel Kümmel. Das interessiert ihn kaum. Ob ich schreiben kann, fragt der Wallach. Ja. Gedichte, First Lyrik.

«Wieso fragst du?»

Ob ich einen kleinen Bericht über das Gogo-Girl-Sein mit Hirn schreibe, für ihn, das heißt, für sein Magazin. Tja. Es sei doch etwas komisch geworden, hier in Berlin, sage ich, das kann doch niemand nachvollziehen: Diese Radiosendung, das blöde Konzert. «Ich bin schließlich kein Groupie.» Das muß ein ganz pflaumiger Typ sein, der sich so was sagen läßt.

«Das ist ja vielleicht gerade interessant. Das Verschwinden der Rollen. Sex/Drogen/Rock-Mythen glaubt doch echt niemand mehr.» Er stopft sich zur Unterstreichung dieser Wahrheit zwei Kekse auf einmal in den Mund.

«Ach ja?» sage ich. Wäre mir hier am Herd gar nicht aufgefallen.

Er sagt, ich soll ihn in ein paar Tagen anrufen, es mir unbedingt überlegen. Er würde es auch für mich schreiben oder mit mir zusammen, wenn das ein Problem sei.

– Arsch offen?! –

Er geht zu den anderen zurück. Ich knete den fettigen Mürbeteig und breite ihn über das Backblech aus. Wieso läßt sich Axel die Liliane kommen? Damit sie ihm seine After-Sex-Pasta anliefert? Die minderjährige Tochter seines Chefs! Die doch so verrückt nach ihm ist! Wenn das Mädchen nicht hier wäre, könnte man diesen Sachverhalt in aller Ruhe im großen Kreis diskutieren.

Nach dem Essen bestellt sich Sebastian ein Taxi, um endlich seine mysteriöse Berlin-Freundin zu befriedigen. André und Gabriel bleiben noch bei uns. Sebastian lobt ausdrücklich meinen Zwiebelkuchen, mit «dann bis morgen» verabschiedet sich der Stecher.

«Ich finde es schon ziemlich unheimlich, das Liebesleben von Sebastian so direkt mitzubekommen.»

Das sagt der Sänger, und dieses Eingeständnis überrascht mich. André und Gabriel winken ab. «Erzählt doch mal», bittet Judith die beiden, ich dachte, sie sei bereits eingeschlafen. André streckt sich der Weinflasche entgegen, füllt sich das Glas auf. «Was kann man da schon sagen? Der Mann hat ein Hormonproblem.»

«Deshalb ist er auch Musiker geworden, was?!» ruft der Wallach. Und er lacht leicht entrückt, als fiele ihm plötzlich wieder der tragische Zusammenhang ein, aus dem heraus er leider nicht Musiker geworden ist und auch kein Sexualleben sein eigen nennen darf. Gabriel sagt, Sebastians Freundinnen stammen aus anderen Zusammenhängen, der hat immer eine Frau, der baggert nie nach einem Konzert. Da muß selbst der Wallach bemerken: «Erstaunlich.»

Zwei Taxis werden bestellt, es ist fünf Uhr morgens. Judith geht mit mir ins Badezimmer zum Pinkeln. Ich setze mich zuerst aufs Klo und sie öffnet Tilmans Badezimmerschränkchen. Sie zeigt mir all die darin befindlichen Kosmetikartikel einzeln. Rasierklingen. Zahnseide, gewachst. Ärzteseife. Ein

Kamm. Ein fleckiges Wasserglas. Nagellack! Eine Pinzette. Medizinisches Anti-Schuppen-Shampoo. Kräutermaske. Dann pinkelt sie, und ich wasche mir die Hände und das Gesicht mit kaltem Wasser und trockne mich mit einem frischen Handtuch aus dem Regal ab. Judith schlägt mir vor, daß ich bei Tilman bleiben soll. Wir würden uns dann am Nachmittag zur Heimreise wiedersehen. Nein, sage ich. Der Sänger schläft doch hier. Ob ich statt dessen zu Axel fahren sollte, frage ich mich laut. «Und was ist mit Liliane, kommt die dann auch mit, oder was? Die schläft seit zwei Stunden auf Tilmans Sofa.»

Judith macht Sachen manchmal kompliziert. Was soll ich mit Liliane anstellen? Habe ich wieder die gesamte Verantwortung, oder was. Ich will sie nicht. «Sie wird hierbleiben.»

Wenn ich eine große Verführerin wäre, ginge ich zu einem Mann und raunte ihm zu: «Ich habe die ganze Nacht noch nicht geschlafen, und jetzt am Morgen ist meine müde Haut wie ein kühles Bett. Niemand auf der ganzen Welt ist sonst wach, es ist die beste Zeit, um mich zu lieben.» Ein Gedicht, ein Gedicht, zum Verzweifeln. Und keinen Kugelschreiber bereit.

Ich muß gar nicht oft klingeln, bis er wach wird und mich hineinläßt. Ich gehe die vielen Treppen hinauf, was mich plötzlich unheimlich anstrengt. Axel steht wie ein ganz niedlicher Mensch im Pyjama an der Wohnungstür. Er zieht mich aus, während ich schon im Bett liege. Ich sage ihm nicht, daß er nicht gleich ans Eingemachte gehen soll, weil ich Angst habe, er wird sauer. Ich versuche, alle meine Körperpartien seinen Händen und seinem Mund so appetitlich wie möglich anzubieten, auf daß er sich auch daran versucht und mich belebt. Ich halte mich an ihm fest, schließe die Augen und möchte ihn erdrücken. Nach ein paar starren Sekunden kämpft er sich von mir los. Ich gebe auf. Er klemmt mir ein Kissen unter den Po und streift sich ein schwarzes Kondom über. Richtig ausdauernd tut er es dann, nageln ist das passende Tuwort. Meine Müdigkeit läßt mich ganz leicht fühlen, das Zentrum meiner Gefühle ist einzig die Möse. Ich bedeute ihm schließlich den Augenblick meines Höhepunktes, glaube jedenfalls, und Axel läßt auch los. Er hat nicht ein einziges Mal mit den Augen gerollt. Axel sagt noch etwas Abartiges.

«Ich wünschte, ich hätte einen Diener, der mir die Platten und Kassetten umdreht, die CDs wechselt und die Bässe und Höhen reguliert.»

«Der dir die Musik in Gang hält, während du fickst?» frage ich nach.

«Ja, genau. Schlaf schön.»

Er gibt mir einen Kuß auf die Backe. Mir fällt vor dem Einschlafen ein, daß die Frau von der Bar, die so lange mit Tilman gesprochen hat, später nicht mitgewesen ist. Und daß ich das Buch für das Theaterprojekt nicht gekauft und nicht gelesen habe.

Ob ich Dietmar morgen noch mal sehen werde? Wann wird der Wecker klingeln.

Bei unserem schnellen Frühstück will ich ihn immer fragen, was er für eine Beziehung zu Liliane hat. Aber ich komme nicht dazu, er ist so geschäftig. Er duscht, kocht Kaffee, ich soll ihm meine Adresse aufschreiben, er will mich bald wiedersehen, ich soll wiederkommen. Er trägt einen teuren Anzug mit Krawatte und hat eine lederne Dokumentenmappe unter dem Arm. Er sagt, er muß oft am Wochenende arbeiten und drängelt mich. Ich laufe durch die Wohnung und schaue, ob ich alles habe. Bloß nichts hier liegenlassen! Das wäre wohl peinlich. Ich finde meine Ohrringe auf einer Vitrine, auf der ein Kunstobjekt steht. Es stellt eine überdimensionale Eierwabe dar und ist mit weißen und braunen Eier-Skulpturen so bestückt, daß sich ein Ornament ergibt. Ich möchte diese Eier anfassen, um das Material zu erkunden. Doch ich kann mich beherrschen. Ich könnte, statt anzufassen, einfach Axel danach fragen. Ich drehe mich um und bemerke, daß Axel mich beobachtet hat. «Was war zuerst da, Henne oder Ei?» fragt er mich.

Ich brauche gar nicht überlegen. «Der Hahn war zuerst da, Axel.» Jetzt wird er denken, daß ich nicht viel von Gegenwartskunst verstehe.

Wir gehen zum Auto, und ich fühle mich neben seinem Schick wie etwas Durchgekautes. Meine Kleider riechen nach Zigarettenrauch, meine Haare auch, ich hätte sie waschen sollen. Ich werde mir neue Klamotten kaufen, denn ich will auch so famos aussehen wie er. Unbedingt will ich neue Wimperntusche haben. Wimperntusche für viel Geld. Er fährt mich zu Judith, küßt mich wie einen Freund.

Es hätte auch anders gehen können.

Axel: «Ich möchte dich unbedingt den Kunden vorstellen, die ich gleich treffen werde. Altes Grunewald-Geschlecht mit viel Geld und Einfluß. Sie werden von dir begeistert sein. O, du siehst so hinreißend aus. Dein Körper, dein Lachen. Du bist so wunderbar.»

Ich: «Beherrsche dich, du mußt ans Geschäft denken, Axel. Belohnung gibt's später.»

Dann gehen wir und verkaufen altem Grunewald-Geschlecht deutsch-sozialistische Ostblock-Malereien. Ab fünf Malereien gibt's einen Tschechen – Motiv Frühling – gratis dazu. Zuerst sieht es so aus, als würden wir ein Bombengeschäft machen, doch eines schönen Tages wird das sozialistische Zeug tierisch was wert sein, und dann wird Axel sich schwarzärgern.

Es hätte auch anders gehen können. Ich weiß, ich werde ihn vermissen.

«Es ist dicke Luft angesagt», erzählt mir Judith gleich als erstes.

«Ich mußte mich auch bemühen, meine Blähungen zu unterdrücken. Du meinst doch dicke Luft – wegen des Zwiebelkuchens?»

«Ja. Der Bus wird gerade repariert.»

Genau diesen Satz hätte ich eine Nanosekunde vor ihr sagen können:

Der Bus ist kaputt. Ich wußte, so was kommt. Irgend etwas kommt, und ich kann noch einmal zu Tilman gehen.

Ich sitze mit ihm unter einer Wolldecke auf einem Sofa, und wir sehen ein Video. «Der lange, heiße Sommer» mit Paul Newman von 1958. Warum tun wir das? Ich kann es erklären. Wieso ein Video, wieso bloß dieses Video. Es gibt eine Erklärung, ein Davor. Eine Kette von Willensäußerungen, Wünschen, Taten, Vielleichts, Erfüllungen. Aber das Schönste ist, daß es so ist: gemütlich. Vielen Dank für das traurige Kuscheln. Wie ein kratziger Wunschtraum. Die Wolldecke ist alt, ungewaschen, fusselig. Sie gehört ihm so sehr, ich erkenne sie wieder. Sie war vor mir da, hat viele Mädchen gewärmt und kratzig das getan, was die Mädchen doch ihm, dem Tilman, zuschreiben: trauriges Kuscheln. Mein Lieblingsfilm ist «Die Katze auf dem heißen Blechdach», nach einem Theaterstück von Tennessee Williams, mit Paul Newman und Liz Taylor in den Hauptrollen. Jetzt sehen wir «Ein langer, heißer Sommer» mit Paul Newman und Joanne Woodward.

2 Filme, 1 einziger Mann, 2 verschiedene Frauen.

In echt, im wirklichen Leben, hat Paul Newman die Joanne Woodward geheiratet, eine ewigliche Beziehung ohne Skandale außer dem der Ewigkeit. Und die Anziehung, die Gefühle zwischen diesen beiden Menschen ist im «Langen, heißen Sommer» zu spüren. Doch auch in der «Katze» ist sie zwischen Paul und Liz zu spüren. 2 Paare: 1 einziger Mann, 2 verschiedene Frauen. Zweimal überzeugende Konstellationen der Liebe.

«Es sind Schauspieler», könnte er mir sagen und mich trösten. Aber Trost, weshalb Trost. Weil Paul und Liz mein Paar sind und Paul und Joanne ihr eigenes, echtes Paar sind, das ganz anders sein wird als in «Ein langer, heißer Sommer», einem Südstaatenepos nach drei Kurzgeschichten von William Faulkner. Er hat Faulkner gelesen, in Englisch, sagt Tilman. Das wußte ich schon, aber er sagt es wieder, entschuldigend. Eine Entschuldigung, eine Ausrede dafür, daß er überhaupt dieses Video mit mir sieht, daß er seinen kostbaren Tag mit mir und dem Video verbringt. Er las die Bücher von Faulkner, in Englisch. Ich nicht. Ich schmachte, in Deutsch. Ich bin bockig. Der Film handelt von Bockigkeit als einer Spielart unterdrückter Leidenschaft. Sie, Joanne, ist bockig. Dann er, Paul. Dann sagt sie: «Kauf dir ein Busbillet, und fahr ganz weit weg. Ändere deinen Namen, färbe dir die Haare, und verstecke dich, so gut du kannst. Und vielleicht, aber nur vielleicht, bist du sicher vor mir.»

Und ich halte dieses Verlangen aus dem Film kaum aus: Beben. Busenbeben. In einem Heftroman für Unterschichtsleserinnen heißt es immer: Ihr Busen bebte. Ich sitze mit ihm unter einer Wolldecke auf dem Sofa, und wir sehen ein bedeutendes Video. Was soll ich tun. Chips essen, heulen, knutschen? Das geht so nicht. Will ich ihn knutschen oder Paul Newman? Oder jemand anderen. Sehnsucht, bis der Arzt kommt. Ihr Busen bebte, Herr Arzt. So helfen Sie doch.

Der Film ist zu Ende und Tilman reicht mir einen handgeschriebenen Text, in schwarzer Tinte auf einem losen Blatt verfaßt. «Ein neues Lied», sagt er. «Du mußt es lesen, Ruth.»

Du sagtest
Du hättest gern ein Äffchen und ein Pferd
Dann eines Tages:
Das Äffchen hast Du jetzt, sagtest Du
und meintest mich damit.
Frag Dich genau, weshalb genau
weshalb Vernunft.
Du hast mal geglaubt
Gott hat einen Bart
und wohnt in deiner Bettwäsche, in einer Wolke.
Dann eines Tages:
Kaufst Du Dir einen Buddha
aus dem Indien-Laden, der Buddha ohne Bart.
Frage Dich genau, weshalb genau

weshalb im Laub.
Du hast mal gefragt
wo das schöne Leben lebt.
Am Strand, im Viertel
an der nächsten Ecke, von Hawaii
Dann eines Tages:
Ging ich alleine weg.
Frag Dich genau, weshalb genau
weshalb so.

Ich habe gelogen, mir alles ausgedacht, alles zusammengereimt. Ich war nicht bei ihm. Nix Video, nix Chips. Ich habe zwar früher mal mit ihm den Paul-Newman-Film gesehen, und ich sehne mich tatsächlich nach der kratzigen, beschissenen Wolldecke. Eines stimmt aber: das Lied, der Text des Liedes. Ich habe ihn gerade gelesen, den deutlichen Text, der mich meinen soll. Im Bus, neben der Gitarre sitzend, blaß werdend habe ich ihn gelesen. Tilman gab diesen Text dem Sänger. Ich will jetzt nach Hause.

AM ABEND stehe ich vor meiner heimatlichen Haustür in einer Regenpfütze und weiß nicht weiter. So schnell will ich nicht allein sein, wie kann ich es verzögern, in meine leere Wohnung zu kommen. Ich klingele bei meiner netten Nachbarin. Sie sieht gleich meine Tasche und die Gitarre und fragt mich, wo ich denn herkomme. Ich gehe in ihre Küche und überlege. Was für einen Wochentag haben wir. Samstag. Ach deshalb. Deshalb was. Ach nichts. Ihre Wohnung riecht nach Essen, nach Verdauung und Wärme. «Ich habe gerade vier sehr anstrengende Tage hinter mir. Ich bin mit so einer Band, Hirn heißen die – von denen hab ich dir bestimmt schon erzählt –, als Gogo-Girl auf Tournee gewesen.»

«Und wie war's?!»

Ich hätte gleich in meine Wohnung gehen sollen. Während ich ihre Erwartungen befriedige, indem ich von grauenhaften Musikerunterkünften, undankbarem Publikum und generell mieser Stimmung erzähle, schäme ich mich, ihre Zeit dafür zu beanspruchen. Sie hat bestimmt tolle Tage gehabt, hat mit dem Mann geschlafen, den sie liebt, auch wenn sie ihn über eine Anzeige kennengelernt hat, und sie haben die Wochenendausgaben der Tageszeitungen stundenlang gemeinsam im

Bett liegend gelesen. Nur – so was erzählt man irgendwann nicht mehr. Statt dessen treten Menschen wie ich vor und haben einen Zeitgeistbericht auf den Lippen.

Im Briefkasten habe ich keine Post, im Kühlschrank kein Essen, in der Wasserkiste zwei halbvolle Flaschen Uraltbrunnen, die meine beiden Pflanzen bekommen. Samstags bleibe ich mittlerweile zu Hause. Das heißt eigentlich, ich sage, ich bleibe zu Hause, gehe trotzdem aus. Der Unterschied ist nur, den Samstagabend nicht mehr wie früher an die große Glocke zu hängen. Also werde ich in den asiatischen Imbiß gehen und in der Heimkneipe die üblichen treffen. In einer Zeitung muß ich prüfen, ob ein wichtiges Fußballspiel oder ein Boxkampf übertragen wird, dann sollte ich vielleicht erst später losgehen. Ich studiere das Fernsehprogramm auf dem Klo, im Bett starre ich durch meine Kissen und Decken. Manchmal habe ich eine unbändige Lust, auszugehen und allen zu zeigen, daß ich da bin. Auf der Mauer auf der Lauer. Ist wie verschluckt, die Lust. Aber ich kann mich noch sehr deutlich daran erinnern.

Immer mehr Leute schreien einen an, wenn man sie fragt, wo gehst du hin, wenn du ausgehst?

«*Ich sitze zu Hause, lerne für die Karriere, sehe fern, kuschel bis zum Abwinken und gehe nicht mehr aus! Jetzt frag bitte nicht weiter!*»

Langsam und faul ziehe ich mich aus, lege mich ins Bett und habe einen schweren Magen, den wenige Tränen nicht leichter machen. Wenn mir jetzt ein erotisches Thema einfallen würde, das mich hochbringt, dann könnte ich es mir machen und würde gleich einschlafen. Im Fernsehen gibt es um diese Zeit keinen Sex zu sehen, auch wenn das alle behaupten, es stimmt einfach nicht. Meine Phantasie versagt. Es kommt, es fühlt sich so furchtbar an. Das Unnütz-Gefühl, zu was taugst du eigentlich? Kannst kein Bohemian sein, kannst keine anständige Arbeitnehmerin sein, kannst keine Studentin sein, keine Mutter, keine Freundin. Lose Existenz, versagtes Künstlertum. Zum Tochtersein reicht es gerade. Judith hältst du auf Distanz, und sie versucht es schon gar nicht mehr. Alle machen etwas und laufen alle an dir vorbei. Die Gitarre meiner Mutter kann nur mein Exfreund spielen, und er hat es gestern mal wieder getan. Ich kann sie nur schleppen. Ich kann nicht mal anständige Probleme bereiten, alles kompliziert werden lassen, die Menschen mit meinen Verwirrungen einnehmen. Ich hätte Axel unvergeßliche Erlebnisse bereiten sollen, das hätte ihn fertiggemacht. Dann würde er sich jetzt nach mir verzehren. Aber ich konnte nicht, ich bin unfähig. Aber was soll es denn.

Ich richte mich auf und wundere mich, nach dem Telefonhörer gegriffen zu haben.
«Hast du schon gefrühstückt?» fragt mich die Mutter.
«Ich bin nicht mal wach.»
«Ich hol dich ab, und wir gehen frühstücken.»
Ich weiß schon, die Mutter will reden, sie glaubt, ich habe mich amüsiert. Und glaubt mich bereit für ein ernsthaftes Gespräch über das Leben, über mein Leben. Ich habe schrecklich geschlafen, ertrug die Schmerzen in meinem Bauch. Wie geschickt Angestelltinnen und Unternehmerinnen ihre Menstruation in den Griff kriegen. Die sagen nicht, ich schlaf heute länger, weil heute kommen meine Tage. Rennen nicht aufs Klo und schreien «Ich blute wie eine Angestochene». Ich kann mich nicht beherrschen. Ich tropfe, leide, rieche, wische, fluche und wehleide. Wahrscheinlich weil ich mir die Zeit dafür

nehme, trotz Dismenol und den Schmerzmitteln. Als Rumhängerin fressen die Männer zwischen deinen Beinen. Ich fürchte mich nicht vor diesem Tag, der so vorhersehbar ist, wie die Schmerzen in meinem Unterleib es sind. Ich habe keine Furcht vor Obstallergie oder falschem Leben. Wie sollte ich herausfinden, ob es falsch ist. Wie finde ich heraus, ob mir Kleidung steht. Sie wächst an, und man fühlt sie kaum. Später erinnert man sich, an anderen Orten, an die alte Kleidung. Und eines Tages findet jemand ein Fotoalbum im Altpapier und lacht über alles und die gewesene Mode. Die weinende Gebärmutter. Ich fragte einmal die Ärztin, ob es eine weinende Gebärmutter gibt. Sie heult und wird immer schlimmer und wehleidiger, je länger sie kein Kindchen bekommt. Die Ärztin hat mich vor dieser Anschauung gewarnt. Man setze sich nur unter Leistungsdruck. Wenn eine Frau keinen Partner hat, der sie befruchtet, fängt die Gebärmutter nicht gleich zu weinen an. Man stelle sich vor: Kein Kind von Axel, und die Gebärmutter weint. Lächerlich, oder.

Ich bin auf einem Berg und der einzige Mensch. Der Ausblick muß überwältigen, alles erscheint schön. Alleine hier zu sein, tut mir schrecklich weh. Ich kann meine Natur spüren: Wenn ich mit jemandem ohne Liebe geschlafen habe und es gerne tat und daran denke, daß ich es mit einem anderen auch hätte haben können. Das heißt für mich, meine Natur spüren. Nichts anderes.

Kaum daß Renate in der Wohnung ist, zeige ich ihr die alte Gitarre: Habe Tilman gesehen, hier, da hast du die Gitarre wieder. Oh, sagt sie nur, freut sie sich etwa nicht? Wir fahren in ein

Öko-Café, das ich schon seit über 15 Jahren kenne. Es ist nicht mehr so konspirativ und spelunkig wie damals, als ich hier noch Hausaufgaben gemacht habe und die Frauenselbsterfahrungsgruppe meiner Mutter verwundert belauschte. Die Anti-AKW-Plakate hängen nicht mehr, statt dessen präsentiert man bäuerliche Tradition und Gediegenheit durch willkürlich abgebeizte Holzmöbel und grell-weiße Tischtücher. Das Café ist erfüllt vom Duft frischgebackener Käsekuchen, und die Espressomaschine dröhnt enorm. Ich bestelle ein großes gemischtes Frühstück mit Milchkaffee, Renate nimmt ein vegetarisches Frühstück. Sie ist eine Society-Vegetarierin, zu Hause hat sie den Meter Parmaschinken im Kühlschrank. Bis die Getränke kommen, reden wir über das allgemeine Wohlbefinden, die bezaubernde Jahreszeit, in wenigen Sätzen erzähle ich ihr von der Tournee. Städtenamen, Namen von Freunden, Name der Band. «Schubert», sagt sie auf einmal, der Kaffee kommt. «Du hast Schubert kennengelernt, beim Fest.»

«Wer soll das sein?» frage ich.

«Der Weinhändler, der Schubert. Er hat mich nach dir gefragt.»

«Weinhändler, der Dicke?»

Das kann nur dieser verschwommene Mann mit dem Weißwein des Bundestagsabgeordneten und den Ziegenhäppchen gewesen sein.

«Ein netter Mann, er malt mittlerweile sogar ganz ordentliche Bilder. Er sagte, du würdest etwas von Wein verstehen?!» Renate lacht ein wenig fies dabei.

«Ja und?»

«Du kannst bei ihm arbeiten, ich soll dich fragen. Er macht zweimal im Monat Weinproben, da braucht er jemanden für den Ausschank und die Bestellungsannahme. Er sagt, er ist nicht geizig, wenn jemand Spaß an der Arbeit hat.»

«Mal sehen, ja.»

Das Frühstück verläuft bedrückend. Renate ist plötzlich ohne Niveau: «Und Geschichte, Politik, interessierst du dich nicht dafür?»

Ihr Kräuterquark und ihre Sojapaste schmecken ihr nicht, sie ißt meinen Käse, so daß ich nur noch Wurst übrig habe. Sie hätte bestimmt lieber Wurst gegessen. Sie versteht nicht, daß ich nicht sofort über die Aussicht jubele, die Weinproben-Fee beim dicken Schubert zu werden. Sie appelliert an meine Lebensgeister, an meine Ideale und Träume, von denen sie mehr zu wissen meint als ich. Ich solle die traurigen Tage hinter mir lassen. Wie gräßlich sie sein kann! Eine blöde keifende Ziege, die sich nicht einbilden soll, ein tolles Beispiel abgeben zu können. Obendrein will sie noch wissen, wieviel Geld mir mein Vater mittlerweile monatlich schickt. Das sage ich ihr nicht. Ich weiß es nämlich nicht. Ich weiß es ungefähr. Ich bekomme einmal in der Mitte des Monats einen kostenfreien Kontoauszug, wenn ich öfter einen haben wollte, würde die Bank viel zuviel Geld dafür nehmen. Der Vater variiert seine Zahlungen, jeden Monat überlegt er sich aufs neue, wieviel er mir schickt. Manchmal ist etwas Kleidergeld dabei, manchmal hat er einen ohne-alles-weitere-Monat, manchmal sind es Schnapszahlen. Ich weiß, er schickt Geld. Er liebt mich. Ich stecke also meine Eurocard in den Geldautomaten, und mein Vater befiehlt das Geld aus diesem Schlund. Es ist das erotische Verhältnis überhaupt in meinem Leben. Kommt das Geld, kommt die Liebe, oder kommt sie nicht? Habe ich etwas falsch gemacht, mir die Geheimnummer nicht gemerkt, zuviel Geld abgehoben, war ich unartig? Bis jetzt hat er mich nicht enttäuscht, der kaufmännische Vater aus Österreich. In der Nähe von Wien.

Renate ist immerhin noch so nett, mich nach Hause zu fahren. Ein frostiges «bis bald» soll mich unter Druck setzen. «Und Geschichte, Politik, interessierst du dich nicht dafür» – das ist so gemein von ihr. Als würden sich gegenüber der Geschichte und der Politik die Probleme der Tochter auflösen. Begreife wie klein und unwichtig du bist, interessiere dich für Geschichte und Politik. Und wenn du es nicht tust, fühle dich schuldig. Ich finde einen kleinen Trost in dem einfachen Gedanken, daß sie einer anderen Generation angehört.

Ich bin so aufgedreht, die Wohnung ist so klein, was mache ich. Sitzen, aufstehen, trinken, Augenbrauen zupfen, bis die Augen quellen, sitzen. Die Bücher stehen da, lesen macht meine Unruhe noch deutlicher. Ich denke an Dietmar, er erzählte uns zum Abschied Neuigkeiten über seine aktuelle platonische Phase: Er hat sich verliebt, er betonte das Wort «etwas». Nach einer Weile der Beobachtung und kleiner Gespräche ist er etwas in diesen Mann verliebt. Er sagte, jetzt wird es anstrengend, die Ungeduld in ihm macht ihn rasend. Er legt alle Unzufriedenheiten in diese Ungeduld. Das Verliebtsein wird zur Raserei. Er hat doch keine Ausdauer und Energie für langwierige, zarte, unterschwellige, einseitige Projektionen. Nach einer Kanne Kräutertee beruhige ich mich, die Müdigkeit ist ein angenehmes Gefühl, ich habe in den letzten Tagen wirklich wenig Schlaf gehabt.

Wochenanfang, da überdenke ich vernünftig das Finanzielle. Ich brauche Geld, rede ich mir ein. Ich brauche aber Geld! Brauche ich. Von allen Handlangerarbeiten, die sich mir grauenhaft in der letzten Zeit geboten haben, ist Schubert seine Weinprobe die annehmbarste. Im Branchenbuch finde ich «Weinquelle Schubert», Groß- und Einzelhandel. Ich rufe ihn an, und wir werden schnell einig über einen Termin, morgen am späten Nachmittag gehe ich hin und bespreche mich. Schubert war vergnügt und kurz angebunden zugleich, diese Art schätze ich. Ich brauche Geld, rede ich mir ein. Diamonds are forever, they are all I need to..., they can stimulate..., have no fear in the night, that they might leave you. I don't need love, ... lalala. Die besten Texte kann ich nicht auswendig, dieses gesungene, verschlungene Englisch. Warum rede ich mir nicht ein, Diamanten zu brauchen. Sonst noch Wünsche? Es würde mich erheben, und die Trostlosigkeit des «wenig-Geld-durch-viel-Arbeit»-Gedankens tilgen. Wenn ich nur daran denke, daß ich nett und freundlich sein soll, zu diesem netten und freundlichen Mann. Aber das kann ich mir doch vornehmen, es ist sicher lohnend. Nett und freundlich sein, meine Gedanken von Nettigkeit und Freundlichkeit leiten lassen. Und vielleicht, eines Tages: Diamonds are forever. Ich suche meinen Schuhkarton mit meiner Postkartensammlung. Ich suche eine Karte, die ich verschicken kann. Eine Karte für den Sänger, warte mal. Er bekommt die «The Doors»-Postkarte, auf der Jim Morrison wie ein fettes, nöliges Kind aussieht. Ich habe bestimmt an die 80 Postkarten mit Bands, Blumen, Bad-Taste-Motiven, Stadtansichten, Flüssen, dänischen Häusern, kessen Frauen und dicken Ponys. Ich will dem Sänger schreiben, weil ich den Kontakt nicht verlieren will. Weil ich möchte, daß er sich nach wie vor mit mir zu Spaziergängen und Kuchenessen verabredet. Aber was soll ich ihm schreiben?

Nachts möchte ich in deine Träume
damit du nicht vergißt
daß ich in deinen Träumen war.

Zeilen aus einem Lied von Tilman. Von damals, aus der Zeit, in der mein Leben nicht immer so weiterging, alles nebenbei passierte. Als ich noch eine Freundin von jemandem war und nicht mit Postkarten um lasche Freunde kämpfen mußte. Als ich mit allen einfach so etwas gemeinsam hatte. Was soll ich ihm schreiben? Bloß nichts Verzweifeltes, das nimmt er mir nicht ab. Denn ich bin nicht verzweifelter als sonst Frauen, die gerade Sex hatten und keinen Kontakt. Die mit kleinen Jungs ein paar Tage verbrachten und die trotzdem niemandem sagen dürfen, daß sie nicht wissen, ob sie mehr Angst vorm Einschlafen oder Aufwachen haben sollen. Mit einer Gitarre in der Hand wäre es glorreich. Und plötzlich sehe ich mich und ihn, den Sänger, in einem Vorlesungssaal auf Holzstühlen sitzen und jemandem zuhören. Wir machen uns Notizen, zwinkern uns an und freuen uns schon auf ein gutes Gespräch und eine Tasse gemütlichen, lebenswegweisenden Kaffees, die wir in einem Fachschaftsraum trinken werden. Es ist nämlich so: Der Sänger und ich studieren das gleiche Nebenfach, Ethnologie. Er ist zwar fertig mit dem Studium, den Scheinen, es fehlt noch die Magisterarbeit, aber vielleicht mag er mit mir zu einer interessanten Vorlesung gehen. Ich werde mir ein Vorlesungsverzeichnis besorgen und ihm etwas vorschlagen. Ich werde Tagesdinge tun, zum Beispiel mich anstellen und doch nur eine einzige Briefmarke kaufen. Ich bin kein Vorratsmensch.

In der Buchhandlung wartet das «Tagebuch einer Verlorenen» seit Tagen auf mich. Es stellt sich als ein, herrje, als ein Suhrkamp-Taschenbuch heraus, wie deprimierend. Mit einem Louise-Brooks-Foto dekoriert. Direkt gewagt für einen so altfränkischen Verlag. Nun werde ich meiner gewöhnlichen Hausfrauaktivität nachgehen müssen, die mich nicht nur zeitlich stark beansprucht. Ich schaffe es kaum, einkaufen zu gehen, ohne darüber nachzudenken, ob mein Leben immer so weitergehen wird, das Einkaufen. Wenn ich jemals den Status einer professionellen Einkäuferin und Hausfrau erreiche, mit verdienendem Ehemann, dann werde ich sicherlich nicht mehr diese quälende Vorstellung haben. Überall sehe ich diese Frauen, die einkaufen. Ob Lebensmittel oder Schuhe, wir streifen schicksalhaft um die Regale und Auslagen. Ich als Zahnarztfrau empfehle Ihnen ..., Kaufen. Ich als Zahnarztfrau empfehle Ihnen ..., Einkaufen. Aber ich brauche nun einmal Toilettenpapier, Milch, Kaffee, etwas zu Essen. Im Supermarkt finde ich dies alles und gehe langsam zum Bäcker und kaufe Kuchen vom Vortag, trotte dann mit schwerem Rucksack nach Hause.

Ich finde einen Brief von Herrn W Punkt Kaber in meinem Briefkasten. Was will der von mir? Er schickt mir Theaterkarten. Wie nett und freundlich, ein Brief.

«Liebe Frau ...»

«Leider muß ich Ihnen für das studentische Projekt eine Absage ...»

«Bitte verstehen Sie, daß meine ursprüngliche Bedingung ...»

«Ich habe lange nachgedacht, ob ich eine Ausnahme verantworten ...»

«... die anderen StudentInnen, die sich durch Hauptseminarscheine ...»
«Da Sie bisher keine ...»
«Der Fairneß halber ...»
«Es tut mir sehr leid, vorher inkonsequent ...»
«... anbei zwei ...»
«Mit freundlichen Grüßen.» Krakelkrakel-Unterschrift, darunter «Dramaturg». Nett und freundlich. Zwei Karten für Strindberg.

Ich gehe spazieren, durch Straßen, in denen mich nichts hält, zu einer anderen Straße, die mich nicht weiter interessiert. Nur der Luft halber. Der Fairneß halber. Eine Formulierung, die hängenbleibt. Ich sehe einen Weinladen und gehe hinein. Ich merke an allem: ganz ein teurer Laden.
«Welchen Wein zu welchem Essen? Feinschmecker sagen ja, man solle zu gutem Essen keine Spitzenweine trinken, das wäre an Essen wie am Wein ein Frevel. Zum Fleisch mag ich persönlich gerne einen leichten Roten aus dem Badenwürttembergischen. Hier haben wir die Veltliner und Grauburgunder, Pinot grigio, wie die Italiener sagen. Was sagt man über deutsche Weine? Daß alle süß sind, und daß süß schlecht ist. Wer was sein will, trinkt angeblich trockentrockentrocken. Aber – es gibt ganz herrliche halbtrockene Weine aus Deutschland, absoluter Geheimtip. Bald der große Trend. Ist wieder im Kommen. Wirklich keine Kopfschmerzen. Kann man Fisch, Geflügel, Fondue, vieles zu machen.»
Ich will mich vollaufen lassen. Aber ich werde es nicht können. Mich mitten am Tag hinsetzen und eine Weinflasche entkorken, die mir mit dem Argument angepriesen wird, daß sie

keine Kopfschmerzen verursacht und besonders zu Fisch, Geflügel, Fondue zu machen sei. Der Mann verkauft mir einen Grauburgunder. Im Supermarkt wäre ein ähnlicher Tropfen viel günstiger. Aber weil ich meine, unglücklich zu sein, und weil ich ausschweifend sein will und doch nur mickrig bin, habe ich allemal das Recht dazu, den Wein jetzt für was-weiß-denn-ich zu kaufen. Auch im Namen aller Verlorenen mit und ohne Tagebuch, die immer «Vino» statt «Wein» sagen. Vino hier, vino da.

Ich höre mein Telefon klingeln. Ich renne schnell die Treppen nach oben, schließe schnell die Tür auf. Wer ruft mich bloß an. «Hallo?» keuche ich. Die Liliane aus Berlin ist es. «Ich möchte dich besuchen, geht das», sagt sie.

«Wann denn», frage ich, und das klingt fast nach Zustimmung. Ja heute noch! Sie hat ein paar freie Tage und war noch nie in dieser Stadt, und da sie mich nun kennt, hat sie sich gedacht, warum nicht zu mir fahren.

«Meine Wohnung ist klein.»

«Ist das denn schlimm? Halte dir den Abend frei, ich arrangiere etwas für uns.»

Sie arrangiert etwas für uns. So reden doch nur schnöselige Teenies.

Ich erwarte sie und ihren Zug also am Abend am Hauptbahnhof. Schon sehe ich meine Lebensmittelbesorgungen mit anderen Augen, das wird natürlich nicht lange für zwei Personen ausreichen. Entweder gehe ich gleich wieder los oder morgen vor dem Frühstück. Ob ich mich mit diesem kleinen Mädchen verstehen werde, wie lange will sie bleiben, und hoffentlich hat sie hier ein paar Bekannte mehr. Vielleicht ist sie unternehmungslustig und bringt mich auf gute Gedanken. Freundinnen können wir wahrscheinlich nicht werden. Morgen habe ich diesen Termin, da wird sie sich alleine beschäftigen müssen, sie kann ja einkaufen gehen.

Gäste und Fisch werden nach drei Tagen unangenehm.
Indisches Sprichwort.

Ich schlafe etwas, aber die Ruhe habe ich nicht. Die Ereignisse ordnen sich nicht, sie purzeln und purzeln. Nichts davon scheint in meiner Hand zu sein. Alles passiert mir, und doch passiert mir alles eben nicht. Ich bin nur einer von diesen Menschen, denen die Ereignisse nebenbei passieren, und so nebenbei spüre ich sie. Die Begegnungen, die Konzerte, die Ablehnungen, die Angebote, die Reisen. Doch nebenbei bin ich auch entsetzt, so ganz nebenbei. Daß alles so purzelt und unordentlich geht. Ich fühle sie schon, die nächsten Tage mit oder ohne Party, mit oder ohne Jobangebot, mit oder ohne Mutter, Freund, Kuchen, Thema.

Wenn ich nicht schlafen und liegen würde, wenn ich in den Spiegel sehen würde, dann sähe ich (die Wimperntusche ist natürlich nicht verlaufen, und es gibt keinen pathetischen Moment einer Frau, die in den Spiegel blickt und starr ist, nein):

Ich muß etwas ändern, sonst frißt es mich auf.

Haschisch hier – Opium da.
Kulturelle Verortung von Rauschmitteln zwischen Europa und China.
Vorlesung
Prof. S. Heubner   N. N.
_____
Das System der Familie in islamischen Gesellschaften der Gegenwart.

Vorlesung
Prof. P. Breitner   Do. 13 – 15 Uhr / Großer Saal
Komplexe Orte: Der Flughafen – Rituale, Rites de Passage, Aberglauben, Uniformen.
Projektseminar 1 (Die Veranstaltung geht über zwei Semester)
Dr. Wiebke Herrlicher   Mi. 11 – 14 Uhr

Ich werde dem Sänger die «islamischen Familien» in der Vorlesung von Paul Breitner vorschlagen. Ich weiß, Paul Breitner war früher, als alle klein waren, ein Fußballer, haha. Ist auch eine beliebte Frage in den Gängen des Instituts («Paul Breitner?»), erkennt man den Erstsemester mit stattlicher Allgemeinbildung daran, an diesem «haha, Paul Breitner». Ich kaufe mir in der Bibliothek ein kommentiertes Vorlesungsverzeichnis, grüße ein bekanntes Gesicht, setze mich an einen Tisch und schreibe die Postkarte an den Sänger.

Der ehrwürdige Ethnologe Paul Breitner gibt sich die Ehre, jeden Donnerstag zwischen 13.15 und 14.45 über «Das System ‹Familie› in islamischen Gesellschaften der Gegenwart» zu sprechen. Vielleicht sehe ich Dich in der Vorlesung? Grüße und einen dicken Morrisson von Ruth.

Jetzt muß ich Liliane abholen und habe mich auch feingemacht für den Moment am Bahnsteig. Soll sie gleich denken, ihre alte Tante holt sie ab. Und Liliane sieht auch wirklich aus wie eine Nichte, hübsch und unauffällig kommt sie aus dem Zug, ich erkenne sie fast nicht. Eigentlich sieht sie nicht wie eine Minderjährige aus, vernünftig reden kann sie auch. Gemeinsam tragen wir ihr Gepäck und gehen so durch die Stadt, in Richtung meiner Wohnung, jede einen Gurt in der Hand.

Sie sagt mir schöne Grüße von Axel. Der gute Axel.

Liliane ruft von der Wohnung aus den Sänger an und sagt ihm, in welches Restaurant sie uns ausführen wird. Ich hatte gleich den Eindruck, daß sie eigentlich den Sänger besuchen will, den sie nach der Konzertnacht in Tilmans Wohnung näher kennenlernte. Wir treffen uns in einem ganz teuren italienischen Restaurant, das ich nicht mal dem Namen nach kannte. «Wie kommen wir zu der Ehre, in diesem distinguierten Etablissement speisen zu dürfen?» Der Sänger sagt das, nicht ich. Ich habe keinen Wasserrohrbruch auf der Zunge.

«Seht ihr das blaugrüne Bild? Hat mein Vater dem Chef hier verkauft. Ich hörte, dieses Restaurant gehört zu den bekanntesten der Stadt.» Sie sagt uns nicht mal den Namen des Künstlers. Das blau-grüne Bild, Vorschulniveau. Na, immerhin sind wir für sie die Musiker-Ecke. Liliane geht, um den Patrone oder Paten hinter der Bar zu begrüßen. «Weißt du vielleicht, wie alt sie ist?» frage ich den Sänger.

Er sagt, sie sei wohl 18 Jahre alt. Ach ja. Hab ich auch gleich viel weniger Verantwortungsbewußtsein.

Was will man mehr. Schönes Essen, schöner Wein, eine schöne Frau, vielleicht zwei schöne Frauen, ein netter Mann. Alles geschieht mir nebenbei. Neben wem oder was. Liliane und der Sänger verabreden sich für den nächsten Tag, kaum daß ich den Mund aufmache und von meinem Vorstellungstermin in der Weinquelle erzähle. «Dann können wir ja ...», «Hättest du Lust, ...» Ja, hat sie.

Wie in einem französischen Film, die Lust zu anmutigen Spaziergängen.

Der Sänger erzählt von sich, weil Liliane sich dafür interessiert. Für das, was er macht. Und er erzählt ihr von sich auf eine Weise, die so unerhört positiv und sinnhaft ist. Sie versteht ihn.

Sie versteht dieses «dann habe ich mich hierfür interessiert», «dann wollte ich auch Musik machen», «dann bin ich hoffentlich hiermit fertig» und «dann will ich das anfangen». Bis zur Nachspeise bleibt es bei allgemeinen Lebensdingen. Es bleibt bei vergangenen oder zukünftigen Vorhaben, Wünschen und Vorlesungen.

Er spricht von seinem Studium. Pünktlich zum Nachtisch – Panna cotta mit Fruchtkompott – serviert er dieses Thema. Zeit für meinen Einsatz. «Ich glaube, der Breitner macht eine ganz spannende Vorlesung. Über islamische Familien in der Gegenwart. Jeden Donnerstag. Nachmittags.»

«Den Breitner habe ich ewig nicht mehr gesehen.»

Mir wird der Rücken steif, weil ich mir anhören muß, in was für eine übertriebene Vorlesung er donnerstags gehen will. «Lacan und die Literaturwissenschaft.» Macht mich steif wie einen Lacanschen Theoriepenis. Aber dann fällt mir ein: Auch andere Mütter haben schöne Söhne. Ich verspreche den beiden Kindern meine Strindberg-Karten. Und siehe, die Kinder nehmen sie überrascht und mit Dank an. In der Heimkneipe trinken wir weiter, und wir treffen ein paar Leute, und eine legendäre Plappertante erzählt dem Sänger ganz viel von der heilenden Kraft des Fenchels, und alle lachen sich was, bis es vier Uhr morgens ist.

Ich stehe wie ein neugeborenes Fohlen auf wackeligen Beinen vor dem Schubert und imitiere den Monolog, den ich mir gestern vor lauter Verzweiflung im Weinladen gekauft habe: «Die Hauptfrage ist ja, zu welchem Essen nimmt man welchen Wein? Feinschmecker sagen, man solle zu gutem Essen keine Spitzenweine trinken, das wäre an Essen wie am Wein ein Frevel. Zum Fleisch mag ich persönlich gerne einen leichten Roten aus dem Badenwürttembergischen. Wie ich sehe, stehen hier die Veltliner und Grauburgunder, Pinot grigio, wie die Italiener sagen. Was sagt man über deutsche Weine? Daß alle süß sind, und daß süß schlecht ist. Wer was sein will, trinkt angeblich trockentrockentrocken. Aber – es gibt ganz herrliche halbtrockene Weine aus Deutschland, angeblich ein kommender Trend. Kann man Fisch, Geflügel, Fondue, vieles zu machen.»

Schubert trinkt einen Weißwein aus Österreich, der wenig Säure und viel Charakter hat. Ich lehne das angebotene Glas mit der Begründung ab, daß es für mich zu früh sei. Ohne genaue Abmachungen auszusprechen, gibt er mir die nächsten Termine seiner Weinproben, ein Buch über das Einmaleins des Weines und verkneift sich auch gar nicht die freundlich gemeinte Bemerkung, ich solle «adrett gekleidet» erscheinen, es käme ja nicht irgendwer zu diesen Terminen. Dann bringt er mich mit der Aufforderung aus der Fassung, mir meinen Stundenlohn zu überlegen. Bis zum nächsten Termin soll ich es ihm sagen. Ich werde fortan zwei Stunden vor der Probe an die sechzig Käsehappen bereiten, Gläser polieren, während der dreistündigen Probe den Ausschank machen und Bestellzettel entgegennehmen. Danach aufräumen. Ich bin ein liebes Mädchen, aber ich weiß nicht, was ich dafür verlangen soll. Stundenlohn, meine ich.

Liliane erhielt von mir einen Wohnungsschlüssel und ist ganz unabhängig. Und ich glaube, sie genießt ihre Ferien sehr. Es geht mir natürlich nicht so, daß ich sagen könnte, ich genieße alles sehr. Ganz im Gegenteil, ich merke schon, daß ich zum Zerreißen angestrengt bin und nichts tun kann, außer auf Niederlagen zu warten. Aber ich würde Lilianes Besuch bei mir nicht wirklich als «Slumming» bezeichnen. Slumming heißt, to make holiday in others people misery. Ich würde eines Tages auch gerne bei Liliane Ferien machen. In ihrem Haus wohnen, ihr Frühstück bekommen, mir ihr Badewasser einlassen. Ihre Freunde treffen? Die sind leider ein paar Jahre zu jung für mich. Das ist jetzt so ungerecht. Mir kommen schon wieder die Tränen, die Tränen im Tran, ich weiß. Ich greife zu meinem Telefon und spüre irgendeinem telefonischen Bedürfnis nach: Wenn Einsamkeit und Verwirrung groß sind, nichts mehr zu helfen scheint, dann begebe Dich in die Mitte einer Familie, die Dir sehr viel Essen anbietet und Dir mit oberflächlichen Gesprächen Halt gibt.

«Hallo, Mama.»

«Mein Schatz, wie geht es dir. Ich bin gerade nach Hause..., warte mal kurz.»

«...»

«So, da bin ich wieder.»

«Ich wollte nur mal hören...»

«Ja, ich war gerade einkaufen, eigentlich bin ich sonst früher zu Hause.»

«Ich war heute bei diesem Schubert, Weinquelle Schubert.»

«Bitte denk nicht, daß du wegen mir diesen Job machen sollst. Wenn das nichts für dich ist, laß es einfach.»

«Es ist nur ein kleiner Job, zweimal im Monat.»

«Es gibt ja auch noch andere Jobs, ob klein oder groß, und ich kenne diesen Schubert gar nicht richtig, also wegen mir...»

«Und was machst du so in der nächsten Zeit?»

«Willst du vorbeikommen. Soll ich was kochen?»

Dann ruft Verena mich an. Ich habe ihr eigentlich nichts mitzuteilen. Sie sagt, es tut ihr leid. Sie lädt mich für heute abend ins Theater-Bistro ein. Was will sie nur von mir. Ich sage es ihr sowieso nicht, sie würde es falsch verstehen: Ich bin jetzt wie ein Hund ohne Leine, und im Theater habe ich so gar nichts mehr verloren. Ich mache mein Ding.

Am frühen Abend übergebe ich Liliane und dem Sänger die Strindberg-Karten, die sie noch heute nutzen wollen. Wir sitzen bei mir im Zimmer, essen Berliner mit Guß, trinken Kaffee und hören die Platten, die sich Liliane unter der fachmännischen Anleitung des Sängers gekauft hat. Eine fiese Prol-Goa-Techno-Platte, die der Sänger ihr nicht hat ausreden können, ist auch dabei: Brandenburgische Konzerne heißt die. Martialischer Sound. Ansonsten hat sie Teile einer musikalischen Grundausstattung eines hier Eingeborenen gekauft, vielleicht sogar, ohne zu wissen, daß diese Platten von Bands aus dieser Umgebung ein lokales Bedeutungsgewebe ergeben. Ich würde gerne wissen, was Liliane eigentlich für Musik mag. Das wäre interessant. Ach ja, Brandenburgische Konzerne. Die arme Kleine.

Der Sänger fragt mich, ob ich noch hungrig bin. Mir fällt sofort ein, und es ist geradezu absurd, aber mich hat mal ein Mann «hungrig» genannt. In einer Zeit, in der ich Ambitionen hatte und auf meine Figur achtete, nannte mich ein Mann «hungrig». Und das war ein anerkennendes Wort. Wie «sexy», «ehrgeizig», «willensstark». Nach den klebrigen Berlinern haben wir Lust auf etwas Salziges und gehen in den Asia Imbiß. Wir teilen uns einen großen Teller fritiertes Gemüse, trinken chinesisches Bier und fahren mit der U-Bahn ins Theater. Das ungleiche Paar geht in die Vorstellung, und ich muß wohl ins Bistro.

Ich werde Verena sagen, daß ich andere Pläne habe, daß ich jetzt mein Ding machen will. Ich sehe sie an einem Tisch sitzen und die NZZ lesen. Auf ihrem Tisch steht ein Teller mit öligen Salatresten. Auf die Bäckchen kommen wie immer die Küßchen, und ich setze mich so an den Tisch, daß ich niemanden sehen muß. Außer sie natürlich. Ich frage, wie sie sich fühlt, und schaffe es, dabei nicht zu weinen.

«Ich bin müde, weißt du», sagt sie und schaut mich so offen an, daß man in einer Laune sagen könnte: Frank und frei schaut sie mich an. Und ich schaue zurück in ihre freien Augen und vertraue mich dem Gefühl an, hier eine Freundin sitzen zu haben. Wir werden über alles reden können, vermute ich. Ich bestelle einen Cappuccino. Verena zündet sich eine Zigarette an. «Was machst du jetzt?» Daß wir so schnell zum Thema kommen würden, erstaunt mich.

«Ich glaube, ich muß etwas ändern.»

«Ich hätte mich nicht einmischen sollen. Wegen der Theatergruppe. Das ist eine ganz eigene Planung. Tut mir leid.»

«Ist doch normal, daß man so was für jemanden versucht. Daß es nicht geklappt hat – nicht so schlimm.»

«Dahinten sitzt Wieland Kaber, ist gerade gekommen.» Dieser Kaber, es gibt da dieses grauenhafte Wort: Theatermenschen. Käfigtiere, wenn überhaupt.

«Ein Dramaturg. Er tut mir leid.»

«Wieso denn das?»

«Weiß nicht. Weil ich es nicht anders weiß und weil er ein Dramaturg ist. Ich glaube, er segelt am Leben vorbei.»

«Er segelt am Leben vorbei. Ist das nicht ein Klischee?»
«Ich habe nur gerade gedacht, wie er sich wohl ein Gogo-Girl vorstellt. Oder ein gefallenes Mädchen. Das ist ein Klischee.»
«Dramaturgen haben ein erhöhtes Risiko, im Straßenverkehr ums Leben zu kommen.»
«Saufen und Autofahren?»
«Am Theater hat doch kaum ein Mann den Führerschein. Weißt du das denn nicht? Saufen und Fahrradfahren – germanistischer Vollrausch – gepaart mit Applaus in der Abendregie – und päng. Ich habe schon von vielen Verkehrsunfällen mit Dramaturgen gehört. Nichts Tödliches dabeigewesen, aber ... Ist auch kein leichtes Leben, weiß Gott.» Ich schweige betroffen.
«Ich bestelle noch ein Glas Wein, willst du auch?» Sie steht auf und sieht mich wieder so frei an. Plötzlich fühle ich mich sehr wohl, wie seit Tagen und Wochen nicht. Und ich möchte auch so ein Glas haben. Sie geht zur Theke, und ich drehe mich um und sehe in das Bistro hinein, schaue mir die Leute ganz genau an.

Ich habe geträumt, mich hat jemand geküßt. «Du hast heute nacht geweint, Ruth.» Ich habe geweint, im Traum, da habe ich dann wohl auch richtig geweint. «Du, wenn du Sorgen hast, vielleicht ...» Es war nur ein Traum, nichts weiter, eigentlich sehr schön, mich hat jemand geküßt. Liliane liegt neben mir im Bett, wir wachen langsam auf und reden wie Freundinnen. Sie erzählt von ihrem Vater, weil mir aufgefallen ist, was für exklusive Reisetaschen sie hat. Sogar eine Vuitton-Kulturtasche ist dabei. Er kauft ihr alles. Alles, alles, was sie will, kann sie haben, wenn es bloß nur alles ist. Ich fasse sie an, um zu fühlen, wie ein junges Mädchen sich anfühlt, das alles haben kann. Das Armfleisch gibt noch nicht so nach wie bei mir. Ihre Haare riechen nach Rauch, und ich sage es ihr. «Soll ich mir ein Haardeo von meinem Vater wünschen?» fragt sie mich lachend. Haardeo, sagt sie, ist das Schrillste und Überflüssigste, was sie sich gerade denken kann. Thierry Mugler, dieser Designer, der Frauen wie Motorräder ausstaffiert, hat sich das mal ausgedacht. Eine winzig kleine Dose Haardeo, vielleicht so groß wie ein Lippenstift, kostet auch sehr viel mehr, als man meinen möge.

«Du weißt es ja ganz genau», sage ich voller Neid.

«Die Freundin von meinem Vater kauft sich den Kram, von ihrem eigenen Geld, wie sie immer betont. Und sie läßt peinlicherweise die Preisschilder an den Sachen. Stil kann man sich eben doch nicht kaufen.» Liliane sagt, sie kauft mir auch eine Dose Haardeo, wenn ich möchte, als Geschenk für die Zeit, die sie bei mir verbringen darf. Soll ich mich jetzt ärgern oder gerührt sein?

«… denn sei gewiß, daß dein Geschenk du selber bist», zitiere ich eine Weisheit von irgendeinem Dichter nur zur Hälfte. Also wäre Liliane eine Dose Haardeo, was durchaus passend erscheint. Wir machen ab, daß diese Designerdose gekauft wird. Vom Geld ihres Vaters, wiederholt sie.

«Wachsen die Haare an den Beinen eigentlich stärker, wenn man sie rasiert, oder wachsen sie sowieso stärker? Je älter man wird? Immer mehr?»

«Ich kenne eine Frau (hinter den Bergen), die sich mit 18, also so in deinem Alter, das eine Bein rasierte und das andere nicht. Nach ein paar Jahren, da war sie dann eher in meinem Alter, kam die Frau zu dem Ergebnis, daß der Haarwuchs auf beiden Beinen wirklich total unterschiedlich ist (bei den sieben Zwergen).»

Genug Gefoppe.

«Sag mal», frage ich sie vorsichtig, «wie ist das mit Axel?»
«Seid ihr verliebt?» fragt sie mich.

«Ja», sage ich, «wir schreiben uns sehnsuchtsvolle Briefe, die kaum zu lesen sind, weil die Tinte vor lauter Tränen ganz verschwommen ist.»

Wie bitte? Ja, ich habe mich nicht so gut ausgedrückt. Ich wollte eine ironische Bemerkung machen, in der ich einen Zustand beschreibe, der für die wahrhaftige Liebe unter der Bedingung der räumlichen Distanz möglich erscheint. In unserem Kulturkreis. Warum heißt es Kultur-Kreis, fragt Liliane, und ich finde, sie hat ein Recht, das von einer halbwegs studierten Person zu erfahren. Ich weiß zum Beispiel, was «libri aut liberi» heißt, das kommt nicht mal aus einem Asterix, aber für das existentielle Thema «Bücher oder Kinder» interessiert sich Liliane nun wirklich nicht. Ich erkläre ihr «Kultur-Kreis», auch mit der Nennung einschlägiger Literatur, und sie ist ganz beeindruckt und geht auch brav zum Bäcker. Nur über Axel habe ich nichts Neues erfahren. Ich rufe ihn an und glaube, das ist eine gute Idee. Nur sein Anrufbeantworter ist zu erreichen, aber jetzt höre ich seine eigene Stimme darauf. Er nennt seine Handynummer. Diese Stimme, da höre ich schon die Augen rollen. Was mir an Axel gefällt, ist seine Zufriedenheit. Er würde sich nie auf die Knie schmeißen und flehen nach Glück und Liebe. Sein feiner Arbeitsanzug würde Schaden nehmen, und ob er jemals Jeans trägt, ist die Frage überhaupt. Liliane kommt, wir kochen Kaffee und wollen frühstücken. Ich frage sie, ob Axel Jeans trägt. «Komische Frage», sagt sie. Ist wohl ihre Art, nein zu sagen. «Ich weiß wirklich nicht, ob Axel Jeans trägt. Mußt du selbst rausfinden. Darf ich das Mohnbrötchen haben?»

«Ich mache mir nichts aus Mohnbrötchen», fällt mir ein. Toller Satz, der würde jede Strindberg-Inszenierung adeln.

Liliane erzählt von ihrem Eindruck der Strindberg-Inszenierung. Sie geht sehr in ihren Beobachtungen auf. «Habt ihr in der Pause Sekt getrunken?» frage ich sie. Hoffentlich sagt sie nicht wieder: Komische Frage.

«Er hatte so feuchte Hände. Nasse Hände.» Meine Güte, sie haben im Theater Händchen gehalten. So erzählt sie es mir also: Er hatte so feuchte Hände. Sind so kleine Finger dran. Was habe ich getan? Und ich gebe ihnen die Karten. Er hat mit ihr im Theater Händchen gehalten. Verräter. Hurensohn. Abgefallener. Es ist nicht zu fassen. «Was machen wir beiden denn heute?» frage ich sie so, wie ein Tierpfleger sein Orang-Utan-Weibchen fragen würde.

«Haardeo?» mampft die Äffin. Außerdem möchte sie den Kiez bei Tag sehen. Die Nutten, die Kotze, das Blut, die Hundescheiße und die Non-Stop-Penner-Kneipen. Den Kiez bei Tag. Auf dem dazugehörigen Boulevard gehen wir eilig. Bloß nicht ins Schlendern kommen. Abgebrochene Sexgedanken, öde Phantasien, Rollenprobleme, Beinhaare, Rasierreste, verwaiste Gummis, abgelaufene Haltbarkeitsdaten, Möpseindustrie, 50jährige Dildobesitzerinnen, Pro-Familia-Pädagogik. Alle Sorten von Appeal und Hamburger bei Burger King. Jede Seite belaufen wir einmal. In einer Seitenstraße sieht Liliane eine Drogerie und will da rein. Eine Nutten-Parfümerie: Waschmittel, Klobürsten und Priscilla-Presley-O-de-Toilette sind heute im Angebot. Liliane fragt naiv, ob sie Mugler-Haar-Deo führen.

«Was bitte?» fragt die kleine Drogistin. Liliane schaut sich im Laden um. Ich schaue mir an, was sie anschaut und anfäßt.

Wir wühlen in einer Kiste mit billiger Reizunterwäsche. Schließlich kauft Liliane eine Röhre Vitamintabletten. Wir wollen zur U-Bahn, doch nach ein paar Metern gibt sie mir auf der Straße die Vitamintabletten in die Hand und sagt «Warte kurz, ich hab noch was vergessen». Sie rennt zurück in den Laden. Ich gehe ganz langsam hinterher und frage mich, was sie denn jetzt für eine Aktion macht. Ich komme in den Laden, da bezahlt sie gerade eine Dreierpackung Qualitätskondome. Wie niedlich. First love in the age of aids-fear. Das hätte ich wohl nicht sehen dürfen. Sie schämte sich, vor mir ihre Verhütung zu besorgen, und lief deshalb noch mal in den Laden. Soll ich sie fragen: Wie heißt «Konservierungsstoffe» auf Englisch? Dann wird sie lange überlegen. Und falls sie die Antwort weiß? Dann hat sie die Reifeprüfung, denn sie wird nicht lachen. Eine kleine Dame, diese Liliane. (*preservatives*)

Mit der U-Bahn fahren wir in die Innenstadt. Stundenlang laufen wir dort herum, probieren Kleider, Röcke, Blusen, Pumps, Handtaschen, Lippenstifte, Bodys, BHs. Das ist harte Arbeit. Anziehen, ausziehen, anziehen, ausziehen. Zwischendurch trinken wir Kaffee, essen ein Brötchen mit gebackenem Goldbarschfilet und Remoulade und treffen zufällig in einem Kaufhaus am Sockenwühltisch Seb. Ich bin darüber peinlich berührt, hätte ihn am liebsten grußlos links liegen lassen, doch Liliane ist ganz aufgeregt, jemanden zu treffen. Er erkennt sie nicht, glaube ich, aber er fragt, wie es uns so geht. Das war's auch schon. Er ist kalt wie ein Fisch.

Das Haardeo ließ sich nicht auftreiben, dafür schenkte sie mir einen rostroten Lippenstift mit gleichfarbigem Konturenstift.

Produkte, die ohne Tierversuche hergestellt wurden. Immerhin, das tut gut. Zu Hause zeigt mir Liliane, wie man einen Konturenstift führt. «Du siehst toll aus», sagt sie mir. Sie übertreibt. Sie sieht toll aus, aber das werde ich ihr jetzt nicht sagen. Es hätte etwas Retourkutschenmäßiges.

Ich koche Spaghetti und bereite einen Gurkensalat. Wird wohl ein ruhiger Abend werden, eng und erschöpft. Wir werden uns beim Atmen zuhören und fragen «Hast du was gesagt?». Liliane telefoniert mit dem Sänger. Sie fragt ihn, was er heute macht und ob heute was läuft. Soweit ich es mitkriege, kommt es zu keiner Verabredung. Sie legt auf und kommt in die Küche, setzt sich an den Tisch. Schweigt. Atmet.

«Hast du heute etwas vor?» fragt sie mich.

«Ich würde gerne hierbleiben. Lesen, fernsehen. Weißt du.»

«Ist mir auch recht», sagt sie. Auf einmal geht sie mir wahnsinnig auf die Nerven. Ich muß mich beherrschen, und genau das geht mir so auf die Nerven. Wieso habe ich heute nacht wohl geweint. Wieso habe ich mich so gastfreundlich gezeigt und sie hier aufgenommen. Wieso stört sie mich beim Nichtstun und geht mit mir in die Innenstadt, als wären wir die dicksten Freundinnen aus der Angestelltengewerkschaft. Soll sie doch bloß zum Sänger gehen und ihn festlegen auf einen Sexualakt. Ich werde danach nicht kommen und die Spaghetti vorbeibringen. Soviel Takt habe ich jedenfalls. Meinen AB hat sie noch nicht vergewaltigt. Diese Frau. In der Innenstadt erzählte sie mir, daß sie nach dem Abi nach Paris gehen will, um richtig Französisch zu lernen. Einen Beruf weiß sie noch nicht. Berlin ist ihre Lieblingsstadt, neben Madrid und Rom. London mag sie nicht. Sie war noch nie länger als sechs Wochen weg von zu Hause. Florida sei schrecklich, New

York muß man gesehen haben. Sie spielt Tennis und hatte früher mal ganz ganz lange Haare. Sie hat mich nicht gefragt, was ich werden will. Ich würde gerne wissen, was sie von mir denkt.

«Du hast doch bei Tilman geschlafen, damals.»

«Die Nacht nach dem Konzert meinst du. Da bin ich ja plötzlich eingeschlafen.»

«Wie findest du ihn?»

«Wen? Diesen Tilman? Der redet ja nicht viel. Ich bin da schnell wieder weg.»

Ich schalte den Fernseher an und plaziere Liliane mit dem Essen davor. Ich stelle ihr eine Pfeffermühle und ein Salzfäßchen dazu. Sie ist völlig ahnungslos und glücklich mit der einfachen Mahlzeit. «Ich hole kurz Zigaretten», sage ich ihr. Ich nehme meine Telefonkarte, eine Handvoll Groschen und gehe hinunter auf die Straße, zur Telefonzelle. «Ich bin's», sage ich zu ihm.

Ich bitte ihn, Liliane bei sich aufzunehmen. «Ich fühle mich nicht.»

Heute nacht noch, wenn es geht. Ich bringe sie vorbei, verspreche ich.

Ich gehe zurück in die Wohnung und sage der essenden Liliane, daß ich sie weitergebe an ihn. Während sie ihre Sachen packt, sitze ich in der Küche und warte. Der Backofen ist eingeschaltet. Sie hat mir tatsächlich einen Teller mit Spaghetti gefüllt und in den warmen Ofen gestellt. Sie ist fürsorglich, das wußte ich nicht. Ich bestelle ein Taxi. Ich helfe ihr, das Gepäck hinunterzutragen. Bevor sie ins Taxi steigt, reiche ich ihr die Flasche aus dem teuren Weinladen. «Ich wünsche dir einen schönen Abend. Er freut sich auf dich.» Sie ist wortlos, tapfer, verdattert, winkt aber aus dem Auto. Ich bin mir sicher, daß sie es mir nicht krummnehmen wird. In einer Stunde wird sie kuscheln. Oder in ein paar Stunden. Wie war das Selbstvertrauen. Wie war die Fähigkeit zum Flirten und Fangen. Sans-souci, ohne Sorgen.

Ich mochte den Moment in der Telefonzelle sehr: «Ich bin's.»
 Einen Moment lang in den Hörer riechen, der noch mit dem fremden Atem des Vorgängers belegt ist, und ihn dann selbst nutzen. Frieren und telefonieren. Ein wichtiges Gespräch führen. Wie wäre es, wenn er mich anrufen würde, sich nach mir erkundigen würde, nachfragen, besorgt sein, einlullen, einschmeicheln, einkochen, einkaufen, einmachen, einkleiden, einspringen. Du wirst nur nach dem beurteilt, was du selber machst.
 «Ich bin es.»
 «Du bist es.»
 Wir schweigen. Wir schweigen meine Telefonkarte durch, was auf diese Entfernung schnell geht. «Bis morgen», sage ich zum Schluß, in das Piepen der letzten Einheit hinein. Und daß er meine Tränen hören kann, macht mich froh. Eine Zärtlichkeit. Ich gehe im Dunkeln zum Bahnhof und kaufe mir für den hellen Tag eine Zugkarte nach Berlin.
 Ich lache darüber, aber innerlich bin ich ganz ernst. Ich kann es gar nicht sagen.

rowohlt paperback

Helmut Krausser
Schweine und Elefanten *Roman*
(paperback 22526)
Schweine und Elefanten ist der noch ausstehende erste Teil der Hagen-Trinker-Trilogie, mit der Helmut Krausser seinen literarischen Durchbruch schaffte.

Susanna Moore
Die unzuverlässigste Sache der Welt *Roman*
(paperback 22427)
Nach dem Erfolg von *Aufschneider* der neue Roman von Susanna Moore. "Ein Ganz wunderbarer Roman. Ich beneide jeden, der seine Welt zum ersten Mal betritt."
The Washington Post

Verginie Despentes
Die Unberührte *Roman*
(paperback 22330)
«... ausnahmsweise liegen die Trendjäger richtig, die Virginie Despentes zum absoluten *must* dieses Jahres gekürt haben.» *Le Figaro*

Sarah Khan
Gogo-Girl *Roman*
(paperback 22516)
Mit untrüglichem Sinn für Situationskomik und herzerfrischender Selbstironie fängt die Autorin unvergeßliche, wahre Szenen aus dem Leben moderner junger Menschen zwischen wilden Träumen und Perspektivlosigkeit ein. Kleine sarkastische Seitenhiebe auf Institutionen wie die "Hamburger Schule" inbegriffen.

Ray Loriga
Schlimmer geht's nicht *Roman*
(paperback 13999 / Juli 99)

Literatur

Justin Ettler
Marilyns beinah tödlicher Trip nach New York *Roman*
(paperback 22350 / August 99)
«Dieser Roman fordert den Leser von Anfang an zu seinem eigenen Vergnügen heraus, stachelt und kitzelt und verursacht Schwindelgefühle.» *The Sunday Age*

Will Self
Das Ende der Beziehung *Stories*
(paperback 22418 / September 99)
Den Kultstatus, den Will Self derzeit genießt, verdankt er in erster Linie seinen Stories, von denen der vorliegende Band die bedeutendsten versammelt.

Alberto Manguel
Eine Geschichte des Lesens
(paperback 22600 / Oktober 99)
«Gleichermaßen gelehrt wie tiefsinnig und geistreich. Eine wahre Schatzinsel, die wahrscheinlich schon durch den bloßen Erwerb klüger macht ... ein großes und schönes Buch.» *Die Zeit*

Starke Frauen

Starke Frauen, freche Bücher, scharfsinnige Geschichten mit viel Witz aus einer exotischen Welt: dem Frauenalltag.

Janice Deaner
Als der Blues begann Roman
(rororo 13707)
«Janice Deaner ist mit ihrem ersten Roman etwas ganz besonderes gelungen: eine spannende, zärtliche Geschichte aus der Sicht eines zehnjährigen Mädchens zu erzählen.»
Münchner Merkur

Pia Frankenberg
Die Kellner & ich *Roman*
(rororo 13778)

Jane Fraser
Lippenbekenntnisse *Roman*
(rororo 22351)

Christine Howieler
Ja, ich will! *Heiraten – die letzte Herausforderung für starke Frauen*
192 Seiten. Gebunden
(Wunderlich Verlag)

Kathy Lette
Mein Bett gehört mir *Roman*
320 Seiten. Gebunden und als rororo 22270
Eine australische Lebenskünstlerin, hoffnungslos verliebt, folgt ihrem Auserwählten nach London. Aus Lust und Liebe wird eine gar nicht nette Katastrophe: ein sprachliches Feuerwerk liebevoll ausgedachter Gemeinheiten.
Kinderwahn *Roman*
Deutsch von Thomas Bodmer
320 Seiten. Gebunden

Clare Nonhebel
Tea for One *Roman*
(rororo 22340)
«Witz, Charme und ganz viel Herz: Claire Nonhegel landete mit ihrem Debüt einen Volltreffer.» *Freundin*

Francine Prose
Jäger und Sammler *Roman*
(rororo 13793)
Eine geistreiche, witzige Gesellschaftssatire.

Julie Taylor
Was Mädchen wissen sollten *Roman*
(rororo 22353)

rororo Unterhaltung

Ein Gesamtverzeichnis aller lieferbaren Titel der *Rowohlt Verlage*, *Rowohlt Berlin*, *Wunderlich* und *Wunderlich Taschenbuch* finden Sie in der *Rowohlt Revue*. Vierteljährlich neu. Kostenlos in Ihrer Buchhandlung.

Rowohlt im Internet:
www.rowohlt.de

Romane und Erzählungen

Julian Barnes
Flauberts Papagei *Roman*
(rororo 22133)
«Dieses Buch gehört zur Gattung der Glücksfälle.» *Süddeutsche Zeitung*

Denis Belloc
Suzanne *Roman*
(rororo 13797)
«Suzanne» ist die Geschichte von Bellocs Mutter: Das Schicksal eines Armeleutekinds in schlechten Zeiten. «Denis Belloc ist der Shootingstar der französischen Literatur.» *Tempo*

Andre Dubus
Sie leben jetzt in Texas *Short Stories*
(rororo 13925)
«Seine Geschichten sind bewegend und tief empfunden.» *John Irving*

Michael Frayn
Sonnenlandung *Roman*
(rororo 13920)
«Spritziges, fesselndes, zum Nachdenken anregendes Lesefutter. Kaum ein Roman macht so viel Spaß wie dieser.» *The Times*

Peter Høeg
Der Plan von der Abschaffung des Dunkels *Roman*
(rororo 13790)
«Eine ungeheuer spannende Geschichte.» *Die Zeit*
Fräulein Smillas Gespür für Schnee *Roman*
(rororo 13599)
Fräulein Smilla verfolgt die Spuren eines Mörders bis ins Eismeer Grönlands. «Eine aberwitzige Verbindung von Thriller und hoher Literatur.» *Der Spiegel*

rororo Literatur

Stewart O'Nan
Engel im Schnee *Roman*
(rororo 22363)
«Stewart O'Nans spannendes Erzählwerk ist zum Heulen traurig und voller Schönheit, seine Sprache genau und von bestechendem Charme. Die literarische Szene ist um einen exzellenten Erzähler reicher geworden.» *Der Spiegel*

Daniel Douglas Wissmann
Dillingers Luftschiff *Roman*
(rororo 13923)
«Dillingers Luftschiff» ist eine romantische Liebesgeschichte und zugleich eine verrückte Komödie voll schrägem Witz, unbekümmert um die Grenzen zwischen Literatur und Unterhaltung.

Tobias Wolff
Das Blaue vom Himmel *Roman einer Jugend in Amerika*
(rororo 22254)
«Wunderbar komisch – zugleich tieftraurig und auf sehr subtile Weise moralisch.» *Newsweek*

Helmut Krausser

Helmut Krausser, 1964 in Esslingen geboren, lebt heute in München. Er war u. a. Spieler, Nachtwächter, Zeitungswerber, Opernstatist, Sänger in einer Rock 'n' Roll-Band und Journalist. (Halb)-freiwillig verbrachte er ein Jahr als Berber. Nebenbei studierte er provinzialialrömische Archäologie. 1989 erschien sein erster Roman. Es folgten mehrere Erzählbände, Theaterstücke, Tagebücher und ein Opernlibretto.

Der große Bagarozy *Roman*
192 Seiten mit 8 Fotos. Gebunden
Ein merkwürdiger Besucher erzählt der Psychiaterin Cora von seinen Visionen, in denen ihm Maria Callas erschienen sei. Dann behauptet er, der leibhaftige Teufel zu sein. Cora verfällt dem subtilen erotischen Zauber ihres unheimlichen Patienten.
«Wer das sprachliche Handwerk so beherrscht wie Helmut Krausser, der hat eine große Zukunft.»
Hajo Steinert, Deutschlandfunk

Spielgeld *Erzählungen & andere Prosa*
(rororo 13536)

Fette Welt *Roman*
(rororo 13344)
«Bis zum Finale ist *Fette Welt* ein Roman zum Verschlingen, ein Buch, das in einer mitreißenden Sprache nie ein Klischee bedient.»
taz

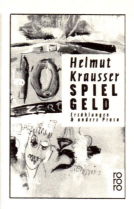

Könige über dem Ozean *Roman*
(rororo 13435)

MAI. JUNI *Tagebuch des Mai 1992. Tagebuch des Juni 1993*
(rororo 13716)

JULI. AUGUST. SEPTEMBER *Tagebuch des Juli 1994. Tagebuch des August 1995. Tagebuch des September 1996*
(rororo 22335)
«In diesen wunderbaren Skizzen aus dem Intellektuellenleben begegnet man allem, was dieses Leben eben wunderbar macht.»
Die Welt

Ein Gesamtverzeichnis aller lieferbaren Titel der *Rowohlt Verlage*, *Wunderlich* und *Wunderlich Taschenbuch* finden Sie in der *Rowohlt Revue*. Vierteljährlich neu. Kostenlos in Ihrer Buchhandlung.

Rowohlt im Internet:
www.rowohlt.de

rororo Literatur